AF307819

Stefanie Maurer, Jahrgang 1977, stammt aus einem kleinen Ort in Nordhessen. Die Tierliebhaberin und leidenschaftliche Leserin fesselnder Geschichten lebt nach dem Prinzip: »Nicht nur reden, sondern handeln.« Hauptsächlich ist sie in den Genres Dystopie & Regionalkrimi unterwegs und will mit ihren Storys unterhalten, faszinieren und bestenfalls einen Nachhall erzeugen.

STEFANIE MAURER

Tödlich schöne Aussicht

Ein Cosy Crime in Italien

Erstausgabe Dezember 2023

Copyright © 2023 dp Verlag, ein Imprint der
dp DIGITAL PUBLISHERS GmbH
Made in Stuttgart with ♥
Alle Rechte vorbehalten

Tödlich schöne Aussicht

ISBN 978-3-98778-866-6
E-Book-ISBN 978-3-98778-593-1

Miturheberin: Miriam Frenke
Covergestaltung: Fenja Wächter
Umschlaggestaltung: ARTC.ore Design
Unter Verwendung von Abbildungen von
adobe.com: © BUDDEE, © janoka82, © castenoid, © apichart,
© evannovostro
Lektorat: Regina Meißner
Satz: dp DIGITAL PUBLISHERS GmbH
Druck und Bindung: Books on Demand GmbH, Norderstedt

Prolog

Elena

Drei Tage zuvor

Lautes Poltern schreckt mich aus meinen Überlegungen hoch. Ausgerechnet jetzt. Die Lösung mit der passenden Strategie habe ich fast greifbar vor mir gesehen. Aber auch von dieser Art an Unterbrechung lasse ich mich nicht aufhalten. Ich kriege den Dreckskerl, ebenso wie all die anderen vor ihm. Das schwöre ich! Er wird bluten für seine Verbrechen und abscheulichen Taten, für jede einzelne Grausamkeit und all das Leid, das er meiner Mandantin zugefügt hat; selbst für Dinge, die er nicht einmal zu träumen wagt. Gerechtigkeit wird siegen und die Rache wird grandios sein! Nur ein kleines Detail fehlt noch, um den Plan abzurunden.

Mit einem Satz springe ich aus dem Liegestuhl und laufe los, um mir Notizen von den bisherigen Ergebnissen anzufertigen und dabei gleich die Ursache des

Lärms zu ergründen; vermutlich eine umgefallene Vase oder Ähnliches.

Über die Terrasse betrete ich das Ferienhaus und entdecke einen dunkel gekleideten Mann bei der Kommode, der meine Handtasche durchwühlt. Ich sehe wohl nicht richtig.

»Hey!« Abrupt bleibe ich stehen und fauche meine anschwellende Wut hinaus: »Was fällt dir ein? Was zur Hölle hast du hier zu suchen?«

Der Mann fährt zu mir herum, erbleicht und öffnet den Mund, wohl um eine fadenscheinige Ausrede hervorzubringen, doch es dringt kein Ton über seine Lippen. Stattdessen weiten sich im nächsten Moment seine dunklen Augen.

Ein heftiger Schlag trifft meinen Hinterkopf. Noch während ich zu Boden stürze, explodiert ein überwältigender Schmerz in mir. Schwärze umfängt mich.

Zebrastreifen

Nicole

Heute

›Tuut – tuut.‹ Der Rufton dröhnt mir ins Ohr.

Seit Tagen dasselbe Spiel. Ehrlich gesagt habe ich nicht damit gerechnet, Elenas Stimme zu hören. Die Gewohnheit oder eher der Versuch, mir etwas von der Nervosität zu nehmen, hat mich dazu veranlasst, erneut anzurufen. Immerhin unternehme ich so eine weite Reise zum ersten Mal allein.

Frustriert drücke ich die Beendentaste und schmeiße das Handy auf den Beifahrersitz, nur um im nächsten Moment erschrocken die Augen aufzureißen. »Oh mein Gott!«

Mit voller Kraft trete ich auf die Bremse und reiße den Lenker herum. Die Reifen quietschen, der Wagen bricht aus. Er gerät ins Schleudern und dreht sich. Krampfhaft umklammere ich das Lenkrad. Es gibt einen Aufprall, der mich in den Gurt wirft und gleich darauf zurück in den Sitz presst.

Mit einem Mal ist alles still. Das Auto steht.

Mein Herz hämmert.

Schon wird die Autotür geöffnet. »Sei ferito?« Der Typ, der so plötzlich aus dem Wald auf die Straße gerannt ist, steckt den Kopf ins Wageninnere.

»Was?« Stöhnend betaste ich unter dem Gurt meine schmerzende Brust.

»Ah, eine Deutsche. Sind Sie verletzt?« Seine Aussprache ist einwandfrei, ohne jeglichen Akzent.

»Ich glaube nicht.« Mit zitternden Fingern drücke ich den Knopf vom Anschnallgurt. Erst beim zweiten Versuch klappt es.

»Gut.« Der Kerl richtet sich auf und hält mir die Hand hin. »Kommen Sie raus.«

Mit seiner Hilfe quäle ich mich mühsam aus dem Auto. Es hängt schräg im Graben. Kaum stehe ich halbwegs sicher, lässt der Fremde mich los und setzt einen Schritt zurück.

Leicht schwindlig blicke ich zu ihm hoch. »Dan...«

»Haben Sie sie noch alle?«, brüllt er los. Tiefe Falten zeichnen sich auf seiner dreckverschmierten Stirn ab. »Hier so herumzurasen! Haben Sie keine Augen im Kopf?«

Ach, so soll das ablaufen?

Wütend stemme ich die Hände in die Seiten. »Ich? Sie sind doch aus dem Nichts aufgetaucht und auf die Straße gesprungen!«

Er gibt ein Knurren von sich. »Da ist ein Zebrastreifen.« Mit ausgestrecktem Arm zeigt er auf die schmale Landstraße.

Ich kneife die Augen zusammen. Dort ist nichts zu sehen, also gehe ich auf die Stelle zu.

Wahrhaftig, ein paar Meter vor dem Wagen sind Streifen aufgemalt. Sie sind fast verblichen und durch die Schatten der Bäume noch schlechter zu erkennen. Auch ein Hinweisschild auf einen Fußgängerüberweg gibt es nicht.

Ungläubig wirbele ich zu dem Kerl herum. »Das ist ein Scherz! Erstens sieht man den gar nicht mehr und zweitens: Was hat ein Zebrastreifen auf der Landstraße zu suchen?«

»Landstraße? Wohl eher Waldweg. Er ist zwar befestigt, trotzdem fährt man hier langsam! Was ist, wenn ein Tier auf die Straße springt? Wollen Sie das auch einfach überfahren?«

»So auf die Straße springt wie Sie eben?«, frage ich aufgebracht. »Vorm Loslaufen schaut man sich um, das weiß doch jedes Kind. Wie kann man eigentlich ein leuchtend rotes Auto übersehen?«

»Schieben Sie nicht die Schuld auf mich. Was haben Sie hier überhaupt zu suchen? Die Straße führt nur zu Privatgrundstücken.«

»Das geht Sie gar nichts an! Außerdem, was wollen Sie denn hier? Laufen herum wie ein ...« Erst jetzt betrachte ich ihn genauer. Der Mann ist vielleicht Anfang vierzig, groß, kräftig und braungebrannt. Seine Klamotten sind voller Erde und das Hemd ist zum Teil zerrissen. Etwas Laub hängt in den dunklen wuscheligen Haaren und Dreck im Dreitagebart. Die braunen Augen funkeln mich wütend an. Dennoch ist der Kerl insgesamt recht attraktiv. Das würde ich aber niemals zugeben. Mein Blick fällt auf den Schmutz unter seinen Fingernägeln. »... wie ein Gärtner!«

Die Brauen des Typen rucken nach oben. »Hochnäsige Schnepfe! Typisch Stadtmensch.« Schimpfend macht er auf dem Absatz kehrt und stapft davon. Nicht wieder in den Wald hinein, sondern die Straße entlang in meine Fahrtrichtung.

»Wo wollen Sie denn jetzt hin?«, rufe ich ihm hinterher. »Sie können mich doch nicht so hier stehen lassen. Das Auto ist kaputt. Wir müssen die Polizei informieren.«

Er winkt ab, ohne sich umzudrehen, geschweige denn zurückzukommen. »Machen Sie doch. Vielleicht nehmen die Ihnen ja den Führerschein ab. Besser wär es!«

Ich könnte platzen. So ein Arsch.

Der Typ verschwindet hinter der nächsten Kurve.

Verzweifelt laufe ich hin und her. Aber es nützt nichts, ich muss mir den Schaden anschauen. Also atme ich tief durch und überwinde mich endlich, meinen kleinen Wagen zu umrunden.

Die hintere rechte Seite ist beim Herumschleudern vor einen Baum gekracht. Sie ist eingedrückt und das Rad hängt schief. Definitiv ist das Auto nicht mehr fahrbereit.

Den Anruf bei der Polizei spare ich mir. Was sollte ich auch erzählen? Das heißt, falls sie mich überhaupt verstünden. Womöglich wären sie der gleichen Meinung wie der unmögliche Kerl. Ich habe mal gehört, entgegen dem typisch lässigen Ruf der Italiener sollen deren Polizisten weitaus weniger entspannt sein.

Stattdessen wähle ich die Nummer meines Autoklubs, um den Wagen abschleppen zu lassen. Die Dame am Telefon weist mich an, vor Ort zu warten, bis jemand vorbeikommt und den Schaden begutachtet.

Folglich stehe ich neben dem kaputten Auto und warte, mittlerweile seit einer Stunde. Glücklicherweise ist es Mittag und hell genug im Wald. Ansonsten wäre es mir ein wenig unheimlich, denn in der ganzen Zeit erscheint kein weiterer Wagen; auch kein Motorrad, Fahrrad oder sonst etwas. Lediglich das Rascheln der Blätter im Wind ist zu hören und ab und zu ein leises Knacken. Wo bin ich hier nur gelandet? Am Ende der Welt? Und warum um Himmels willen ist der Kerl genau in dem Moment auf die Straße gesprungen, als doch einmal ein Auto vorbeifährt?

Das nicht allzu dichte Blätterdach lässt die Sonnenstrahlen bis zu mir durchdringen. Ich folge den hellen Stellen auf dem Asphalt, um in meinem dünnen Kleid nicht zu frieren. Selbst das Jäckchen, das ich mir aus dem Auto hole, nützt nicht viel.

Leichtes Kopfweh setzt ein und die Druckstellen des Gurtes schmerzen. Ansonsten scheine ich den Unfall unbeschadet überstanden zu haben.

Meine nächsten Versuche, Elena zu erreichen, bleiben genauso erfolglos wie die der letzten Tage. Das macht mir langsam Sorgen. Weit weg von zu Hause stehe ich mit einem kaputten Auto in Italien und fühle mich verlassen. Aber zumindest bin ich laut Navi auf dem Smartphone am richtigen Ort und habe mich nicht wie befürchtet verfahren.

Endlich taucht etwas auf der Straße auf, knapp zwei Stunden musste ich warten. Ein Abschleppwagen nähert sich und hält neben mir an.

Luxushäuschen

Meine bisherigen Erfahrungen mit den Menschen hier vor Ort beschränken sich auf den unmöglichen Kerl von vorhin, deswegen bin ich überrascht, wie nett der junge Werkstattmitarbeiter ist. Und das, obwohl ich sein gebrochenes Deutsch kaum verstehe. Er fährt mich sogar die restlichen Kilometer bis zu Elenas Grundstück. Jetzt wendet er, winkt mir noch einmal zu und verschwindet mit meinem kaputten Auto auf der Ladefläche.

Drei Stunden später als angekündigt stehe ich mit dem Griff des Trolleys in der Hand und der Jacke überm Arm in der Einfahrt und blicke auf Elenas Ferienhaus.

Es sieht genauso aus wie auf den Bildern, die sie mir gezeigt hat. Das Gebäude ist zwei Etagen hoch, vielleicht auch drei. Schwer zu sagen bei den vielen Dächern, Winkeln und Sprossenfenstern in den verschiedensten Größen. Die Steine der Außenwände verleihen dem Haus einen mediterranen Touch, trotzdem wirkt es modern. Ein seitlicher Rundbogen dient vermutlich als Durchgang zum hinteren Garten.

Manche würden sich über so ein Ferienhaus als Hauptwohnsitz freuen. Mir wäre es eher schon zu viel.

Dieses Luxushäuschen passt zu Elena. Sicher ist es innen nicht weniger nobel ausgestattet als ihr Penthouse in München. Meine Freundin stellt ihre finanziellen Mittel gern zur Schau, was ihr hier auf jeden Fall gelungen ist.

Ein gepflasterter Weg windet sich durch den gepflegten Vorgarten. Staunend folge ich ihm bis zur Haustür.

Auf einem verzierten Messingschild ist *Elena und Horst Neubert* zu lesen. Das hat sie also noch nicht geändert. Dabei habe ich erwartet, sie würde sofort nach ihrer Ankunft alle Hinweise auf Horst beseitigen.

Ich drücke den runden Klingelknopf und sehe mich weiter um.

Ein anderer Pfad führt zu einem verlassenen Carport, der etwas abseits steht. Gut versteckt vor neugierigen Blicken aus Richtung Straße.

Da aus dem Haus nichts zu hören ist, klingle ich erneut. Langsam kehrt meine Nervosität zurück. »Elena?« Rufend suche ich die Fenster nach einer Bewegung ab. Das ist ebenso vergebens wie ein vorsichtiges Rütteln an der Tür. Sie ist zugesperrt.

Unschlüssig kaue ich auf der Unterlippe herum. Bei meiner Verspätung ist es kein Wunder, dass Elena nicht hinter der Tür steht und mich erwartet. Vielleicht ist sie im Garten und hat das Klingeln nicht gehört. Ich greife den Trolley und gehe durch den Rundbogen. »Elena, bist du da?«

Nach der zweiten Hausecke bleibe ich überrascht stehen. Eine Terrasse mit modernen Gartenmöbeln liegt vor mir, umgeben von wuchtigen Steinen und Olivenbäumchen. Dahinter erstreckt sich das Grundstück bis zum Wasser, auf dessen Oberfläche sich die Sonnenstrahlen brechen und den Ortasee glitzern lassen. In der Ferne sind Ruderboote und Kajaks zu erkennen. Auf der anderen Seeseite schmiegt sich eine kleine Ortschaft an den Fuß des dicht bewaldeten Berges. Einzeln stehende Gebäude lugen den Hang hinauf zwischen den Bäumen hindurch.

Die Fotos werden der Aussicht bei weitem nicht gerecht. Auch haben sie mich nicht auf die Ruhe vorbereitet, die hier herrscht. Natürlich nicht. Nur leises Plätschern und das Zwitschern einiger Vögel sind zu hören.

Ein Glücksgefühl steigt in mir auf: Die nächste Woche wird genial. Am liebsten würde ich mich direkt in die große Hollywoodschaukel hinten auf der Terrasse setzen, einen Cappuccino trinken und ein gutes Buch lesen. Ich kann es kaum erwarten.

Aber erst einmal muss ich die Hausherrin finden.

Terrassentür und sogar Fliegentür stehen offen, also kann sie nicht weit weg sein. Wahrscheinlich ist sie wirklich hier draußen gewesen, als ich geklingelt habe und nun vorn am Eingang.

Ich klopfe leise an und trete ein. »Elena? Ich bin es, Nicole. Die Tür stand offen.«

Eine gespenstische Stille schlägt mir aus den Tiefen des Hauses entgegen.

Das darf nicht wahr sein! Unbehaglich krame ich mein Smartphone hervor und wähle gewiss zum zwanzigsten Mal am heutigen Tag Elenas Nummer. Wie gehabt ertönt der Rufton, aber das Klingeln ihres Telefons ist nicht zu hören. Vielleicht ist es kaputt oder einfach auf lautlos. Kurzerhand stelle ich den Trolley an die Wand und laufe los, um das für mich fremde Haus abzusuchen. Verzweiflung lässt einen wohl die gute Erziehung vergessen. Außerdem muss ich mal.

Im Wohnbereich fällt mir sofort ein überdimensioniertes Bild von Elena auf, das beinah die Hälfte der Wand einnimmt. Schick angezogen, mit ihren langen roten Haaren, die in Wellen über die schlanken Schultern fallen, und dem aufgeschlossenen Lachen. Ihre fünfundvierzig Jahre sieht man ihr nicht an.

Bei einem Vergleich mit meiner Freundin schneide ich schlecht ab. Schon längst zeigen sich bei mir Falten, obwohl ich erst im Herbst vierzig werde. Auch tauchen immer öfter vereinzelt graue Haare zwischen den naturbraunen auf; bisher konnte ich sie alle auszupfen.

Zumindest die Gästetoilette ist schnell zu finden. Nach einem prüfenden Blick in den Spiegel spritze ich mir etwas Wasser ins Gesicht. Die Erfrischung ist dringend nötig, schließlich hat für mich der Tag bereits sehr zeitig begonnen.

Dann laufe ich weiter, schaue in jeden Raum hinein und rufe nach Elena. Zehn Minuten später gibt es keinen Zweifel mehr: Das Ferienhaus ist verlassen.

Auf dem Weg zurück zur Terrasse, um im Garten weiterzusuchen, lese ich mit spitzen Fingern einen schmutzigen goldenen Dekolöwen vom Boden auf und stelle ihn grinsend auf dem Wohnzimmertisch ab. Die letzten zwei Wochen haben Elena gereicht, um ein ziemliches Chaos zu verursachen. Das ist meine Freundin, wie sie leibt und lebt. In München hat sie eine Putzfrau engagiert, da sie mit diesem *Haushaltskram* einfach nichts am Hut hat. Dennoch schafft sie es selbst dort, immer irgendwo etwas herumliegen zu lassen. Hier hätte sie die Hilfe definitiv auch nötig. Sogar oben in der ersten Etage liegt Dreck.

Die Fliegentür ziehe ich sorgfältig hinter mir zu, bis sie mit einem leisen Klacken einrastet, und gehe in den großen Garten.

Im gleichen Stil wie vorm Haus führt ein von Lichtkugeln gesäumter Pfad hinunter zum See. Eine halbhohe Mauer dient als Grenze zum Wald hin, auch auf der anderen Seite lugt sie durch einige Büsche und Bäume hindurch.

Vor einer von Jasminsträuchern umgebenen Sitzecke bleibe ich stehen und betrachte die beiden Skulpturen, die sich hinter der Bank die Hände entgegenstrecken, ihre Fingerspitzen berühren sich. Die Geste erinnert mich an ein Gemälde, ich glaube von Michelangelo. Vielleicht liegt es auch daran, dass das Pärchen nackt ist. Als mir bewusst wird, was ich die ganze Zeit anstarre, spüre ich schlagartig Hitze in mir hochsteigen und setze schnell meinen Weg zum Ufer fort.

Bis zum Wasser mit dieser unglaublich blauen Farbe gelange ich allerdings nicht. Große Steine grenzen den ebenen Garten ab wie ein Schutzwall und ziehen sich die steile Böschung hinunter, zwischendrin wachsen etliche Büsche. Einzig rechts nahe dem Wald gibt es eine Möglichkeit, über eine geschützte Stelle den See zu erreichen. Oder aber man ist so verrückt und springt vom Anleger in der Mitte. An dem Steg ist ein kleines Ruderboot festgebunden, was mich etwas erstaunt. Eigentlich hätte ich Elena eher ein Motorboot zugetraut.

Doch davon ist genauso wenig zu sehen wie von ihr selbst.

Vielleicht ist sie noch mit dem Auto weg, irgendetwas erledigen und hat nicht länger warten können. Das würde auch den leeren Carport erklären. Die Terrassentür wird sie für mich geöffnet haben. Aber eine Nachricht hätte sie mir dennoch hinterlassen oder einfach einmal einen Anruf annehmen können.

Das alles passt so gar nicht zu meiner Freundin. Sie verspätet sich zwar oft bei einer Verabredung, eigentlich immer, aber dass sie kommentarlos fernbleibt und zudem tagelang nicht zu erreichen ist, ist noch nie vorgekommen. Sonst meldet sie sich ständig bei mir, auch aus dem Urlaub, wenn man für gewöhnlich seine Ruhe haben möchte.

In Gedanken versunken kehre ich zur Terrasse zurück, setze mich in die Hollywoodschaukel und warte.

Nach einer Stunde überwinde ich mich und hole mir ein Wasser aus dem Kühlschrank. Wäre Elena hier, hätte sie mir längst etwas zu trinken angeboten. Ihre Vorwürfe möchte ich nicht hören, sollte sie von meinem Durst erfahren.

Während ich in der Küche ein paar offenstehende Schubladen schließe, fällt mein Blick auf eine Pinnwand. In dem Kalender ist mein Name mit einem Herzchen beim heutigen Datum eingetragen. Okay, vergessen hat sie mich nicht. Daneben hängt die Speisekarte eines Lieferdienstes, den ich mir niemals leisten könnte. Ein paar Infoflyer von Sehenswürdigkeiten und ein Schifffahrplan sind ebenso angepinnt wie ein angefangener Einkaufszettel und eine Visitenkarte.

Mein Herz macht einen Satz. Warum bin ich nicht früher auf die Idee gekommen?

Die Flasche Wasser trinke ich in einem Zug halb aus, stelle sie hinten auf die Anrichte und eile los.

Bello

Hastig umrunde ich das Gebäude, laufe vorn durch den Garten, am Carport vorbei und stehe wieder auf der Straße.

Zum Glück ist die Gegend einsam. In dem dichten Wald auf der anderen Straßenseite gibt es sicherlich ebenso wenig ein Haus wie in der Richtung, aus der ich vorhin gekommen bin. Bei der Fahrt mit dem Abschleppwagen habe ich mir alles aufmerksam angeschaut, um Elenas Anwesen nicht zu verpassen.

Also wende ich mich nach rechts und marschiere den schmalen Seitenstreifen entlang. Nicht weit, nur etwa hundertfünfzig Meter bis zum nächsten Grundstück. Das muss es sein.

Elena hat mir von ihrem Nachbarn erzählt, einem Ferienhausbetreuer. Er kümmert sich um alles, wenn sie nicht vor Ort ist. Sollte irgendetwas vorgefallen sein, weiß er bestimmt Bescheid.

Entschlossen öffne ich das Tor und betrete den Vorgarten.

Ein Bellen setzt ein und schon rast ein schwarzes Etwas auf mich zu. Erschrocken weiche ich zurück, pralle gegen das Gartentor und verschließe mir damit selbst den Fluchtweg. Allerdings scheint der Hund es sich anders zu überlegen und mich doch nicht fressen zu wollen: Schwanzwedelnd springt er an mir hoch.

Ich muss lachen und entspanne mich wieder. »Ist ja gut, Bello. Ich bin kein Einbrecher.«

Vorsichtig tätschele ich seinen Rücken, was sich der süße Kerl widerstandslos gefallen lässt. Auf allen vieren stehend reicht er mir bis zu den Knien. Das schwarze Fell ist lang und weich, der weiße Kranz um den Hals zieht sich die Brust hinunter bis zu den braun-weiß-gestiefelten Beinen. Auch die Schwanzspitze ist weiß. Doch am besten gefällt mir dieses hübsche feine Gesicht, es ist verziert mit einer Blesse sowie braunen Flecken über den Augen und neben der schmalen Schnauze.

Bello scheinen die Streicheleinheiten zu gefallen: Sobald ich die Hand wegziehe und mich aufrichten will, stupst er mich auffordernd an und sorgt so dafür, dass ich doch weitermache.

Aber ich bin aus einem anderen Grund hier, das sollte ich nicht vergessen.

»Ist denn dein Herrchen da?« Ich richte mich endgültig auf und nicke zu dem Holzhaus hinüber, an dessen Seiten vorbei sich mir der faszinierende Blick auf den See bietet.

Als ob Bello meine Worte verstanden hätte, flitzt er ein paar Meter darauf zu, kommt zurück und begleitet mich auf meinem Weg. Dabei springt er mir ständig um die Beine.

Das Haus ist halb so groß wie Elenas, aber wirkt von außen viel gemütlicher. Vielleicht, weil es mit seiner schlichten Bauweise und der warmen Holzfassade nicht so stylish, sondern eher natürlich ist. Zwei Treppenstufen führen zu einer kleinen Veranda. Auf dem Klingelschild neben der Tür ist *Jan Töpfer* zu lesen, der Name von der Visitenkarte.

Endlich klappt mal etwas.

Erleichtert drücke ich auf die Klingel und klopfe gleichzeitig an.

»Kein Stress, ich komme ja schon«, ruft jemand im Haus. Schritte sind zu hören.

Bello sitzt schwanzwedelnd neben mir und sieht mich mit seinen braunen Kulleraugen erwartungsvoll an. Wie kann man da widerstehen? Also kraule ich ihm den Kopf.

»Sie schon wieder!«

Der harsche Ausruf lässt mich entsetzt aufblicken.

In der geöffneten Tür steht der unmögliche Mann von der Straße, nur mit Jeans bekleidet. Seine Haare sind nass und der ganze Dreck ist weg, mitsamt dem Bart. Kurz starre ich ihm auf den durchtrainierten Oberkörper, bevor mein Blick auf einige seltsame Kratzer an den Armen fällt.

Während er mich grimmig mustert, zieht er sich ein dunkles Hemd über und knöpft es zu. »Was wollen Sie denn hier? Haben Sie doch die Polizei gerufen? Woher wissen Sie eigentlich, wo ich wohne? Sind Sie mir etwa gefolgt? – Und nehmen Sie die Finger von meinem Hund!«

Das darf ja wohl nicht wahr sein! Mit den Streicheleinheiten höre ich tatsächlich auf, aber nicht, weil der Kerl es von mir verlangt, sondern weil Bello gewiss meine einsetzende Wut spürt. »Das Letzte, was mir einfallen würde, ist Ihnen zu folgen!«

Ein abfälliges Grinsen erscheint in seinem Gesicht. »Sieht aber nicht so aus.«

»Eigentlich wollte ich es gut sein lassen, um mir den Urlaub nicht noch mehr zu vermiesen. Aber so, wie Sie sich aufführen, überlege ich mir das noch einmal anders. Wenn ich Elena gefunden habe, werde ich mich mit ihr beraten, wie wir Sie drankriegen. Schließlich sind Sie mir vors Auto gesprungen. Der Wagen ist kaputt. Wenn ich Glück habe, bekomme ich ihn nächste Woche wieder.«

»Sie drohen mir?«

»Ganz genau. Ich drohe Ihnen! Sie werden sich noch wundern«, schreie ich und stapfe die zwei Stufen hinunter, um auf schnellstem Weg das Grundstück mitsamt diesem unverschämten Menschen zu verlassen. Dann fällt mir allerdings ein, warum ich überhaupt hier bin. Notgedrungen drehe ich mich wieder um und muss jetzt auch noch zu ihm hochblicken. »Wo ist Elena eigentlich?«

Selten habe ich eine so finstere Miene gesehen wie bei ihm. Er atmet mehrfach tief durch und scheint um seine Beherrschung zu ringen. »Sie fragen mich allen Ernstes nach der Frau, mit deren Hilfe Sie mich *drankriegen* wollen?«

Wenn er das so sagt … Vielleicht ist es nicht allzu schlau von mir, ihn zu reizen. Ich bin auf seinem Grundstück, in einer einsamen Gegend. Niemand würde mich schreien hören, wenn er es darauf anlegt. Was will ich mit meinen paar Kilos schon gegen ihn ausrichten? Und der Selbstverteidigungskurs ist viel zu lang her, ich erinnere mich kaum mehr. Auch Bello wäre mir keine Hilfe. Er liegt neben seinem Herrchen auf dem Boden, nur die Augen wandern wie beim Tennis ständig zwischen uns hin und her. Wie hat so ein Kerl eigentlich einen so freundlichen Hund verdient?

Jetzt nur nichts anmerken lassen. »Ja. Hat sie Ihnen etwas erzählt?«

Die Arme verschränkt er vor der Brust, wobei sich der Stoff des Hemdes gefährlich spannt. »Warum sollte ich Ihnen das sagen?«

Gute Frage. Weil er nett ist? Nein, das ist er nicht. Weil sich das so gehört? Nein, Anstand scheint ihm egal zu sein, ansonsten hätte er mich vorhin nicht so stehen lassen. Außerdem öffnet man auch nicht halb nackt eine Tür.

»Weil sie verschwunden ist«, kläre ich ihn auf. »Okay, ich war dank Ihnen viel zu spät dran. Aber ich kann sie auch auf dem Handy nicht erreichen. Also, wissen Sie etwas?«

»Vielleicht sollten Sie mir erst einmal verraten, von wem Sie überhaupt reden.«

Der tut doch nur so. Bei meinen Worten hat er eindeutig in Richtung von Elenas Grundstück geschielt.

»Elena Neubert«, schnauze ich ihn an. »Ihre Nachbarin. Ihre Kundin. Also die Frau, die Sie bezahlt. Eigentlich sollten Sie sie kennen.«

»Ach, und Sie fragen jetzt ihren *Gärtner* um Hilfe?«

Schon klar, das ist vorhin nicht mein bester Spruch gewesen.

»Vergessen Sie es einfach! Ich bitte Sie gewiss nicht um Hilfe.« Wütend drehe ich mich um und verlasse das Grundstück.

Stil: Rosarot

So ein Idiot! Bevor ich den um Hilfe bitte, muss schon einiges mehr passieren. Das Tal mitsamt See zufrieren oder so. Vor mich hin schimpfend laufe ich am Straßenrand entlang zurück.

Was für eine blöde Idee von mir. Elena ist sicher längst wieder da und wundert sich, wo ich stecke.

Leider erfüllt sich meine Hoffnung nicht, denn von meiner Freundin fehlt weiterhin jede Spur. Erneut suche ich das ganze Grundstück ab, einzig auf dem See habe ich bislang nicht nachgeschaut. Womöglich ist sie schwimmen gegangen. Oder sie besitzt doch ein Motorboot, ist damit hinausgefahren und hat die Zeit vergessen.

Ich stelle mich auf den Anleger neben das kleine Ruderbötchen und schirme die Augen ab. Auf dem See ist reichlich los: Boote mit mehreren Ruderern, Tretboote und Kajaks sind unterwegs, sogar das Ausflugsschiff. Aber alle weit weg und Schwimmer sind an der glitzernden Wasseroberfläche nicht zu erkennen. In meiner Umgebung ist sie nahezu unbewegt. Nur eine Entenfamilie hält aufs Ufer zu, wo ich nun auch suche. So erfolglos wie bisher.

Darüber allerdings bin ich erleichtert. Die grausigsten Bilder sind mir bereits durch den Kopf gespukt, wie Elenas Körper im Wasser treibt.

Ratlos wende ich mich ab, als mir ein rosa Schimmern auffällt.

Ohne lang zu überlegen, verlasse ich den Anlegesteg und laufe auf die Uferböschung unterhalb der Sitzecke zu. »Elena?«

Die letzten Meter muss ich klettern – und rutsche prompt auf den großen Steinen aus. Meine Güte, wenn ich mir hier nur nicht die Knochen breche. Vielleicht sollte ich besser versuchen, mein Ziel mit dem Boot zu erreichen. Aber abgesehen davon, dass ich nicht weiß, wie man es steuert, würde ich wahrscheinlich direkt beim Einsteigen ins Wasser fallen; passend zu meinem Glück heute.

Irgendwie gelange ich zu der Stelle oberhalb des Schimmerns und erkenne ein Stück Stoff. Es sieht aus wie einer von Elenas Lieblingsschals. An die Diskussion über ihre Farbauswahl erinnere ich mich genau. Sie hat gemeint, Rosa zu den roten Haaren habe mehr Stil, als wenn sie mit Gelb oder Blau wie ein Papagei herumliefe.

Der Schal hängt an den Büschen, die am steilen Ufer hochwachsen. Mit einer Hand an einem Felsbrocken festhaltend, beuge ich mich vorsichtig vor und greife danach. Er hat sich in den Dornen verfangen und lässt sich nicht lösen. Hoffentlich zerreißt er nicht bei meinen Bergungsversuchen. Ich rücke noch ein Stückchen nach vorn, um besser hantieren zu können.

Zu weit.

»Aaaah!« Kopfüber stürze ich die Böschung hinunter, direkt in den See. Eisiges Wasser umfängt mich und strömt mir bis in den Hals. Es erstickt meinen Schrei. Panisch rudere ich mit den Armen, um wieder nach oben zu gelangen.

Wo ist oben? Weder meine Füße noch die Hände finden Halt.

Plötzlich tauche ich auf, spucke Wasser und schnappe keuchend nach Luft. Keine Ahnung, wie ich das geschafft habe. Ein Hustenanfall schüttelt mich durch.

Als ich mich schließlich dem Gebüsch zuwende, bin ich halb erfroren, so kalt ist das Wasser. Zitternd greife ich nach dem Schal und löse ihn vorsichtig von den Dornen.

Am Ufer entlang schwimme ich ein paar Meter hin und her und tauche noch einmal ab, um mich unter Wasser umzusehen. Nass wie ich bin, macht das keinen Unterschied mehr. Obwohl ich meterweit in die Tiefe blicken kann, erkenne ich sonst nichts Auffälliges.

Also schnell raus hier. Nur nicht durchs Gebüsch, ich möchte gern unverletzt bleiben. Es grenzt sowieso an ein Wunder, dass ich mir nicht wehgetan habe. Außerdem ist das Ufer zu steil. Den Schal wickle ich mir um den Hals und kraule hinüber zum Anleger.

Eine Leiter oder sonstige Ausstiegshilfe gibt es nicht, nur das Ruderboot. Ich packe an dessen Rand und stoße mich ab. Es fängt gefährlich an zu wanken. Nach mehrmaligen Anläufen schwinge ich ein Bein hinein, gleichzeitig gerät das andere unter den Rumpf. Wie ein Klammeraffe hänge ich an der Außenseite des Bootes, während es kippt. In Zeitlupe neigt es sich mir zu.

Schreiend lasse ich los und schlucke wieder Seewasser, als der Schwung mich untertauchen lässt. Das Boot knallt zurück und springt noch einmal hoch, fast hätte es mich getroffen. Mit heftig klopfendem Herzen bringe ich mich in Sicherheit, schwimme zum Pfosten des Anlegestegs und halte mich daran fest.

Die ausgelösten Wellen klingen ab und ich atme tief durch. Ich muss das irgendwie anders versuchen. Meinen Körper spanne ich an, trete mit den Beinen nach unten und springe aus dem Wasser, um die Balken des Anlegers zu erreichen. Zumindest ist das der Plan und meine Minihüpfer werden sogar mit jedem Mal ein bisschen höher. Bei den Bemühungen komme ich mir aber derart lächerlich vor; hoffentlich sieht mich niemand. Denn so sehr ich mich auch anstrenge, es ist ebenso vergebens, wie den Pfosten hochzuklettern. Ich bin eindeutig zu klein oder habe zu wenig Kraft. Wie dem auch sei, meine Finger gelangen nicht einmal bis in die Nähe der Balken.

Ein Schluchzen entfährt mir. Ich werde sterben. Entweder erfriere ich in diesem Eiswasser oder ertrinke, sobald mich die restliche Kraft verlässt.

Über mir sind Geräusche zu hören. Ein schwarzer Schatten fliegt vom Anlegesteg herunter und landet mit einem gewaltigen Platschen im Wasser. Erschrocken kreische ich auf und umklammere den Pfosten.

Kurz darauf durchbricht ein Hundekopf die Wasseroberfläche.

Ich stoße ein erleichtertes Lachen aus, es klingt selbst für mich etwas atemlos. »Mensch, Bello, hast du mich erschreckt.«

Der Hund paddelt zu mir und umkreist mich. Er schwimmt erstaunlich gut.

»Was machst du denn hier? Willst du mich etwa retten? – Und was meinst du, wie kommen wir heraus?«

Leider gibt mir Bello keine Antwort. Dafür sind Schritte auf dem Steg zu hören.

»Um diese Jahreszeit ist das Wasser noch recht kalt«, erklärt auch schon eine tiefe Stimme über uns. »Obwohl Sie offenbar vorziehen, in Klamotten zu schwimmen, wird das nicht viel nützen.«

Ich sehe regelrecht vor mir, wie Elenas Nachbar auf dem Anleger steht und schadenfroh grinst. Warum muss ausgerechnet er mich in dieser Notlage finden?

»Das merke ich selbst«, blaffe ich durch die Schlitze zwischen den Holzbohlen zurück.

»Gut. Soll ich wieder gehen oder wollen Sie mich doch um Hilfe bitten?«

Nur mühsam widerstehe ich dem Drang, das Ufer erneut nach einer Ausstiegsstelle abzusuchen. Es gibt keine Möglichkeit. So schlucke ich meinen Stolz herunter, rücke ein Stück von dem Pfosten ab und blicke zähneknirschend zu dem Kerl hoch. »Würden Sie mir bitte heraushelfen?«

Ein zufriedener Ausdruck huscht über sein Gesicht. »Aber gern doch. Der Gärtner steht Ihnen selbstverständlich zu Diensten.« Mit einem Knurren lässt er sich auf die Knie nieder, beugt sich vor und streckt mir eine Hand entgegen.

Grimmig betrachte ich sie, das ist beinah zu viel für mich. Kurz schließe ich die Augen und atme tief durch. Als ich sie wieder öffne und zupacken will, hat er seine Hand bereits weggezogen.

»Wohl doch nicht«, stellt er achselzuckend fest und macht Anstalten, sich aufzurichten. Es ist ihm ohne weiteres zuzutrauen, dass er mich auch hier zurücklässt.

»Doch!«, rufe ich panisch und halte ihm nun meinerseits die Hand hin. »Bitte!«

Ehe ich mich versehe, packt der Nachbar sie und die Planken des Anlegers rasen auf mich zu. Oder eher umgekehrt. Scheinbar mühelos zieht er mich aus dem Wasser, nimmt zwar noch die zweite Hand hinzu, aber schon krabble ich neben ihn auf den Steg.

»Danke.« Leicht verwirrt von der schnellen Rettung erhebe ich mich. Triefend nass.

Mein dünnes Kleid klebt mir viel zu eng an der Haut und regt sicherlich mehr die Fantasie an, als etwas zu bedecken. Genau das sagt mir auch der Blick des Kerls, denn aufs Neue beweist er seinen fehlenden Anstand und mustert mich unverhohlen. Unbehaglich wische ich mir einige Haarsträhnen aus dem Gesicht.

Um ihn abzulenken, deute ich ins Wasser. »Und der Hund?«

Bello paddelt umher und scheint seine Freude zu haben. Allerdings fehlt mir die Vorstellung, wie man ihn dort herausziehen soll. Das klappt sicher nicht so einfach wie bei mir.

Der Nachbar stößt einen kurzen Pfiff aus. »Kommt gleich.«

Tatsächlich dreht sich Bello einmal im Kreis, paddelt zum Ufer und schwimmt an ihm entlang. Hinter einer kleinen Biegung verschwindet er aus meinem Blickfeld.

Nervös wickle ich Elenas Schal ab und halte ihn mit vor Kälte zitternden Händen vor mich. »Na schön, können wir dann bitte mit diesem Gärtnergemache aufhören?«

»Ich habe nicht damit angefangen.« Sein Blick ist unerwartet ernst, irgendwie verbissen. Ist er etwa gekränkt?

Ein schlechtes Gewissen flammt in mir auf. »Ist ja gut, es tut mir leid. Ich habe mit Sicherheit nichts gegen Gärtner. Ganz im Gegenteil, das ist ein ehrenwerter Beruf«, erkläre ich und ärgere mich gleichzeitig darüber. Eigentlich ist das zu viel Entschuldigung für den Typen. »Das nächste Mal lasse ich mir ein richtiges Schimpfwort einfallen.«

»Auf diese Stadtweisheit bin ich schon gespannt.« Mit einem kaum wahrnehmbaren Grinsen nickt er zu Elenas Ferienhaus hinüber. »Jetzt gehen Sie heiß duschen. Treppe hoch und zweite Tür links. Handtücher finden Sie im hinteren Schrank, Duschzeug vorn beim Waschbereich.«

Verwundert reiße ich die Augen auf. Er kennt sich ja ziemlich gut aus – selbst für einen Hausbetreuer. Aber um das zu klären, ist es eindeutig zu kalt.

Rasch folge ich seiner Anweisung.

Was ist hier los?

Aufgewärmt und mit seltsam entspannten Muskeln betrete ich eine halbe Stunde später den Wohnbereich und blicke durch die bodentiefen Fenster.

Elenas Nachbar sitzt in der Hollywoodschaukel, die leicht hin und her schwingt, und wartet vermutlich auf mich. Frisch rasiert und mit seinen sauberen Klamotten wirkt er wie ein anderer Mensch im Vergleich zu unserer ersten Begegnung. Was Äußerlichkeiten doch ausmachen. Seine Gesellschaft ist zwar das Letzte, wonach mir der Sinn steht, aber vielleicht ist er endlich bereit, zu reden.

Schnell schnappe ich mir aus dem Trolley noch einen Kapuzenpulli, um ihn überzuziehen, und gehe nach draußen auf die Terrasse.

Der Hund springt mir freudig entgegen und lässt keine Ruhe, bis ich ihm hinter den Ohren kraule. »Hallo, Bello. Ist ja gut, kleiner Kerl.«

Sein Fell ist feucht und meine frisch angezogene Hose nun auch. Ich wische über die Flecken, höre allerdings sofort damit auf, als ich den hämischen Blick von Jan Töpfer bemerke.

»Bello ist eine *Sie* und heißt Sila.« Ist das eine Belehrung oder ein Friedensangebot? Schwer zu sagen, seine Miene jedenfalls ist noch immer nicht allzu freundlich.

»Das wusste ich nicht«, murmle ich daher nur.

Er zuckt mit den Schultern und nimmt einen Schluck aus einer Flasche Bier, die ich missmutig betrachte. Für meinen Geschmack hat er es sich auf Elenas Terrasse zu gemütlich gemacht. Gerade als ob nichts wäre.

»Ich hoffe doch sehr, Herr Töpfer, dass Sie sich die von zu Hause geholt haben und nicht durch Elenas Küche geschlichen sind. Ein Hausbetreuer, oder was auch immer Sie sind, darf sich sicher nicht am Kühlschrank seiner Kunden bedienen.« Als Antwort erhalte ich einen gelangweilten Blick, was mich noch mehr ärgert. »Was machen Sie eigentlich hier?«

»Ich habe Sie schreien hören«, erwidert er und deutet zum See. »Ihre merkwürdigen Versuche, aus dem Wasser herauszukommen, waren zwar recht unterhaltsam, aber das konnte ich mir nicht länger mit ansehen. Außerdem brauchte Sila ohnehin ein Bad.«

Ich möchte im Boden versinken vor Scham und gleichzeitig platzen vor Wut. »Sie haben mich beobachtet und mir nicht geholfen? Wenn ich nun ertrunken wäre?«

»Habe ich nicht? Mir ist das anders in Erinnerung. Aber keine Sorge, ich hätte Sie nicht ertrinken lassen. Zumindest nicht, bevor ich ein paar Antworten habe. Also, was ist hier los? Wer sind Sie, was machen Sie hier und wo ist Elena?«

»Das wollte ich eigentlich von Ihnen wissen«, fauche ich.

Erneut reagiert er nicht und sieht mich nur abwartend an. Na ja, im Grunde hat er recht. Warum sollte er einer fremden Frau etwas erzählen? Da könnte ja jeder kommen und ihn über seine Kunden ausfragen.

»Gut, okay! Mein Name ist Nicole Strube, ich bin eine Freundin von Elena. Sie hat mich hierher eingeladen, um mit ihr gemeinsam den Urlaub zu verbringen. Da ich erst jetzt frei habe, ist sie allein vorgefahren und ich musste nachkommen. Seit Tagen versuche ich, Elena zu erreichen. In ...«

»Moment«, unterbricht Jan Töpfer mich und lässt die Flasche auf halbem Weg zum Mund wieder sinken. »Sie fahren her, obwohl Sie nichts von ihr gehört haben? So etwas macht auch nur jemand aus der Stadt.«

»Es war doch alles geplant und abgesprochen. Wäre ich nicht hergekommen, hätte sie das nur als Ausrede angesehen.«

Genauso ist es. Seit Jahren schon hat sie mich immer wieder eingeladen und ich habe jedes Mal einen anderen Grund gefunden, abzulehnen. Zumindest offiziell. In Wahrheit hat mich die Aussicht abgeschreckt, meine freie Zeit mit Horst zu verbringen. Aber das ist ja mittlerweile hinfällig und dieses Mal hat Elena mir sogar mit dem Ende unserer Freundschaft gedroht, wenn ich wieder absage. Wahrscheinlich ist das nicht ihr Ernst gewesen, trotzdem muss man bei ihr mit allem rechnen. Außerdem wird mir ein Urlaub bestimmt guttun.

»Sie hat mich nicht vergessen, falls Sie das denken. Im Kalender ist mein Name notiert.« Ich deute hinter mich aufs Haus. »Die Terrassentür stand offen, also kann sie nicht weit weg sein. Nur ist sie nirgends zu finden. Hat sie Ihnen etwas gesagt?«

»Nein«, antwortet Jan Töpfer knapp.

Das glaube ich nicht. Von mir Antworten verlangen und selbst nichts herausbringen.

Nach kurzem Zögern spricht er doch weiter: »Allerdings habe ich sie die letzten Tage nicht gesehen. Üblicherweise halte ich mich nicht auf den Grundstücken meiner Kunden auf, wenn sie vor Ort sind. Die ziehen es vor, im Urlaub ihre Ruhe zu haben. Elena hat mir bei ihrer Ankunft nur mitgeteilt, dass sie drei Wochen bleiben wird. In Gozzano habe ich sie noch einmal getroffen. Aber das war es, mehr weiß ich nicht.«

Meine Hoffnung auf Informationen fällt in sich zusammen. Frustriert setze ich mich ans andere Ende der Schaukel.

Bello – nein, Sila legt sich zwischen unsere Füße.

»Ihr Auto ist nicht da. Vielleicht ist sie wieder nach Hause gefahren?«, überlege ich laut. »Aber die offene Terrassentür ... Außerdem steckt der Haustürschlüssel von innen.«

»Das ist ein Ersatzschlüssel, der steckt immer. Und nein, sie hätte sich bei mir abgemeldet, wenigstens telefonisch. Sicher ist sie in den Ort gefahren, um etwas zu besorgen oder einen Klienten zu treffen.«

»Ja, das mag sein. Das sind aber alles keine Gründe für die offene Tür.«

»Die wird sie vergessen haben«, sagt er umstandslos, woraufhin mir ein leises Schnauben entwischt. Er runzelt die Stirn. »Was denn, haben Sie noch nie etwas vergessen?«

Verständnislos schüttele ich den Kopf. »Jedenfalls keine Tür.«

Das hämische Grinsen von eben zieht wieder über sein Gesicht. »Okay, das passt zu Ihnen.«

»Wie bitte?«

»Nur mein Eindruck«, erklärt er schulterzuckend. »Immer alles schön akkurat.«

»Wie bitte?«, wiederhole ich pikiert.

»Oh! Der Hund hat mich berührt, aber die Hose darf doch nicht schmutzig werden«, ahmt dieser unmögliche Kerl meinen Tonfall reichlich übertrieben nach. »Oder allein schon, wie Sie den Schal so penibel über den Stuhl ausgebreitet haben. Jeder andere hätte ihn in die Ecke geworfen und wäre erst duschen gegangen. Aber nein, nicht Sie. Ich habe nur noch darauf gewartet, dass Sie einen Wäscheständer herausholen, damit er ja keine Falte bekommt.«

»Ich habe nicht viele Hosen dabei und der Schal gehört mir nicht. Den schmeißt man nicht einfach in die Ecke. Außerdem ist nichts gegen ein bisschen Ordnung einzuwenden«, verteidige ich mich wütend. »Was hat das überhaupt mit der Tür zu tun?«

»Nichts. Aber Sie wollten es doch wissen.«

Tief durchatmend versuche ich mich zu beruhigen. Was habe ich denn von ihm erwartet? Dabei gibt es genug andere Probleme zu lösen. »Besitzt sie ein Motorboot?«

Er schüttelt nur knapp den Kopf.

»Und wenn sie schwimmen gegangen und etwas passiert ist?«

»Dafür nimmt sie das Auto mit?«

Von der Ironie in seiner Stimme lasse ich mich nicht abschrecken. »Ich bin auch mit dem Auto hier, eigentlich. Leider ist es in der Werkstatt, weil mir so ein Irrer davor gesprungen ist. Vielleicht haben Sie das bei Elena ja auch getan. Warten am Waldrand, bis ein ...«

»Dieses Thema werden wir nicht weiter vertiefen!« Abrupt steht Jan Töpfer auf und setzt damit die Schaukel in Bewegung.

Sofort springt auch Sila hoch. Erwartungsvoll sieht sie ihn an, das buschige Schwänzchen wedelt schnell hin und her.

»Sie wollen doch jetzt nicht gehen?« Die Füße stemme ich in den Boden, um das Geschaukel zu beenden. »Wir wissen immer noch nicht, ob etwas passiert ist.«

»Elena kann schwimmen. Es wird schon nichts passiert sein«, sagt er und marschiert hinüber zum Gartentisch.

»Und wenn sie auch nicht herausgekommen ist?«

Er dreht sich mir wieder zu und fängt tatsächlich an zu lachen. Offenbar auf meine Kosten, ich fasse es nicht. Kleine Grübchen erscheinen neben seinen Mundwinkeln und Lachfalten um die Augen, während er auf das Seeufer nahe dem angrenzenden Wald deutet. »Da rechts ist eine Badestelle, die Elena vor ein paar Jahren hat anlegen lassen. Wenn Sie ein bisschen herumgeschwommen wären, hätten Sie sie gefunden.«

Meine Güte! Ich komme mir so bescheuert vor, erst recht, da ich sie bei der Erkundungstour gesehen habe. Aber das kann er nicht wissen. »Sie wollten mich nur um Hilfe bitten hören?«

Der spöttische Ausdruck in seinem Gesicht sagt mir alles.

»Aber der Schal, wie ist der ins Gebüsch gekommen?«, frage ich weiter und deute auf das nasse Kleidungsstück.

»Elena wird ihn auf der Terrasse liegen gelassen haben, – womöglich hat sie ihn auch einfach in die Ecke
geworfen, denn normale Menschen tun so etwas
manchmal – und der Wind hat ihn dann weggeweht.«

Die Erklärung hört sich nachvollziehbar an. Frustriert stöhne ich auf. »Haben Sie auf alles eine Antwort?«

»Nein. Ich kann Ihnen nicht sagen, wo Elena ist.« Erneut wendet er sich zum Gehen, was mir leichtes Herzrasen beschert.

»Aber was mache ich denn jetzt?«, frage ich hektisch.
»Ich kann doch nicht hierbleiben, wenn sie gar nicht da
ist.«

»Warum nicht? Sie sagen doch, Elena hat Sie eingeladen.« Die leere Bierflasche stellt er auf dem Gartentisch
ab, zwinkert mir zu und greift nach einem Hammer,
der vorhin noch nicht dort gelegen hat. »Den habe ich
schon gesucht. Muss ich wohl mal hier vergessen haben.« Damit dreht Elenas Nachbar sich um und verschwindet mit Sila endgültig hinter der Hausecke.

Allein

Nun sitze ich wieder allein hier und weiß nicht mehr als vorher. Abgesehen davon, dass dieser Jan Töpfer den Eindruck eines unmöglichen Menschen nochmals bestätigt hat und sich viel zu gut in Elenas Haus auskennt. Gerade, als ginge er ständig ein und aus.

Ich dagegen fühle mich wie ein Eindringling.

Dennoch treibt mich der Hunger irgendwann zum Kühlschrank. Die Auswahl an Lebensmitteln ist karg und auch das Brot alles andere als frisch. Ich belege es mir trotzdem, nehme die angefangene Flasche Wasser mit und setze mich wieder auf die Terrasse.

Heute Nachmittag noch habe ich mir das so schön vorgestellt. Die Hollywoodschaukel, die Ruhe, der Ausblick auf den See. Aber anstatt es zu genießen und mich zu entspannen, ist mir zum Heulen zumute. Wo ist Elena nur? Jede halbe Stunde rufe ich auf ihrem Handy und sogar in München an. Seit sie ihren Mann auf die Straße gesetzt hat, wohnt meine Freundin dort allein. Niemand nimmt ab.

Was soll ich anderes machen? Ohne Auto komme ich nicht weg und ein Hotelzimmer kann ich mir sowieso nicht leisten, falls ich überhaupt eins finden würde.

Und was sollte ich mit der Tür anstellen? Ich kann das Haus doch nicht offen und unbeaufsichtigt zurücklassen. Aber sie einfach schließen und vorn rausgehen, ist auch nicht möglich. Wenn Elena ohne Schlüssel unterwegs ist, hätte ich sie damit ausgesperrt. Nein, mir bleibt nichts weiter übrig, als hier auf sie zu warten.

Mittlerweile ist es dunkel und mir wird zunehmend unheimlicher zumute. Ständig durchdringen Geräusche die Stille. Wasser plätschert ans Ufer, Äste knacken, Laub raschelt, Schatten bewegen sich. Zwar springen im Garten die Solarkugeln an, aber sie erhellen nicht die Umgebung, sondern weisen nur sacht den Weg zum See. Außerdem fröstle ich trotz des Pullis. Das nehme ich als Ausrede und flüchte mit den beiden leeren Flaschen ins Haus. Länger schaffe ich es einfach nicht, draußen zu bleiben.

Auf dem Weg durch den Flur flammt ein Licht auf. Es blendet mich und jagt mir einen gewaltigen Schreck ein.

»Elena?« Fieberhaft blicke ich mich um, doch es ist kein Mensch da. Erst, als ich den Bewegungsmelder an der Wand entdecke, beruhige ich mich wieder.

In der Vorratskammer steht tatsächlich eine Kiste Bier; es ist die gleiche Sorte, die der Nachbar getrunken hat. Ob die noch von Horst stammt? Aber das Haltbarkeitsdatum ist lang noch nicht abgelaufen und er ist meines Wissens nach zuletzt vergangenes Frühjahr hier gewesen. Elena selbst verabscheut Bier, sie ist Weintrinkerin. Doch drei Flaschen sind leer, eine fehlt. Wer hat die also getrunken? Mir fällt nur Jan Töpfer ein.

Schnell verstaue ich seine Flasche in der Kiste und renne zurück zur Terrassentür, um sie zu schließen.

Natürlich will ich Elena nicht aussperren, doch der Gedanke an den Nachbarn und sein Herumgeschleiche im Haus beunruhigt mich. Vermutlich besitzt er sogar einen Zweitschlüssel. Nein, als Ferienhausbetreuer hat er den mit Sicherheit. Oh Mann, und wir sind hier in so einer einsamen Gegend. Wer weiß, wie weit die nächsten bewohnten Grundstücke entfernt sind.

Hektisch laufe ich zum Vordereingang und überprüfe ihn. Das Schloss ist richtig eingerastet, dennoch lege ich die zusätzliche Sicherheitskette vor. So wird dem Nachbarn zumindest der Schlüssel nichts nützen. Anschließend kontrolliere ich in jedem Raum die Fenster, ob sie geschlossen sind, und ziehe die Gardinen zu.

Nachdem alles zugesperrt ist, kehre ich zurück zum Terrassenfenster und blicke hinaus in die Dunkelheit. Kleine Lichtpunkte zieren die andere Seite des Sees und das Wasser schimmert leicht im Mondschein.

Es könnte so schön sein.

Aus dem Augenwinkel nehme ich eine Bewegung im Garten wahr, mehr als nur einer dieser Schatten von eben. Mein Puls schießt in die Höhe und ich stolpere vor Schreck zurück.

Was ist das gewesen? Oder besser: *Wer* ist das gewesen?

Ich wage es nicht, wieder ans Fenster zu treten und nachzuschauen. Stattdessen schnappe ich mir den Trolley und renne hoch in eines der Gästezimmer. Sofort schließe ich die Tür und drehe den Schlüssel zweimal herum.

Mein Herz rast, während ich lausche und jeden Moment das Klirren von zerbrechenden Scheiben erwarte.

Keine Ahnung, wie lang ich hier stehe. Es ist nichts zu hören.

Nach einiger Zeit schleiche ich auf Zehenspitzen zum Bett und lege mich hin, so wie ich bin. Eigentlich wollte ich mich notdürftig einrichten und zumindest meine Blusen und das Waschzeug auspacken. Ganz zu schweigen davon, die Toilette zu besuchen. Aber dafür bräuchte ich Licht und das werde ich sicher nicht einschalten. Wer auch immer da draußen ist, muss nicht wissen, in welchem Zimmer ich mich aufhalte.

Die bequeme Matratze und die kuschelige Decke verstärken meine Müdigkeit, dennoch fällt es mir schwer, einzuschlafen. Ich bin viel zu angespannt und horche ständig auf Geräusche. Außerdem, was ist, wenn Elena zurückkommt? Oder ob *sie* eben durch den Garten gelaufen ist? So wie ich das Haus verrammelt habe, kann sie nicht herein. Zumindest nicht, ohne etwas zu zerstören. Ein Rütteln an der Tür habe ich jedenfalls nicht gehört. Hoffentlich denkt sie daran, zu klingeln oder sich auf meinem Handy zu melden. Ich werfe einen prüfenden Blick darauf: nichts.

Mit klopfendem Herzen erhebe ich mich und trete ans Fenster. Vorsichtig, um die Gardinen nicht zu bewegen, spähe ich zwischen ihnen hindurch nach draußen. Es ist unmöglich, etwas zu erkennen. Ehrlich gesagt habe ich auch Angst, mir die Umgebung noch näher anzuschauen. Was ist, wenn ich etwas sehe? Wen soll ich dann anrufen? Den Nachbarn etwa? Und dann leuchtet womöglich sein Handy unter meinem Fenster auf.

Zitternd lege ich mich wieder ins Bett, ziehe die Decke bis zum Kinn und bewege mich nicht mehr.

***

Sobald die ersten Sonnenstrahlen ins Zimmer dringen, bin ich hellwach und springe auf. Irgendwie komme ich mir lächerlich vor. Was habe ich mir da letzte Nacht nur eingebildet?

Dennoch überprüfe ich zunächst das ganze Haus auf Eindringlinge und blicke aus jedem Fenster. Weit und breit ist niemand zu sehen, seit gestern Abend hat sich nichts verändert. Leider ist auch der Carport noch immer verlassen.

Das bedeutet, die Suche nach Elena und das Warten auf sie beginnen aufs Neue. Meine üblichen Anrufe bei ihr bleiben unerwidert und für weitere Telefonate ist es zu früh am Tag.

Und nun? Unschlüssig betrete ich die Besenkammer und stoppe vor einem abgestellten Bild, das wegen seiner Größe nur quer Platz findet. Die Rückseite zeigt zur Tür. Mir ist klar, um was es sich dabei handelt, schließlich hängt das Gegenstück im Wohnbereich. Ich kippe es etwas nach vorn und betrachte Horst. Der falsche Blick aus seinen hellblauen Augen trifft mich und sorgt für eine Gänsehaut auf meinen Armen. Nur gut, dass der Kerl endlich weg ist. Grimmig lehne ich das Bild wieder an und greife nach dem Putzzeug.

Saubermachen und Aufräumen haben mich schon immer von unangenehmen Dingen ablenken und beruhigen können. Da hier beides dringend nötig ist, das

Putzen und die Ablenkung, mache ich mich also nützlich und vertreibe mir so die Wartezeit.

Nach zwei Stunden halte ich es nicht mehr aus und schnappe mir mein Handy. Inzwischen ist es nach sieben und somit spät genug, um in Elenas Kanzlei anzurufen. Es ertönt eine Bandansage. Verflixt! Heute ist Samstag, das habe ich ganz vergessen. Frustriert lege ich auf und wähle die nächste Nummer.

»Mama?« Kyras müde Stimme dringt an mein Ohr.

Nur knapp unterdrücke ich ein erleichtertes Aufschluchzen. Endlich spricht jemand mit mir. »Hallo Liebes, entschuldige den frühen Anruf. Ich weiß, dass du gestern ausgehen wolltest.«

»Schon okay. Ist alles in Ordnung bei dir? Du hast dich gar nicht gemeldet, ob du gut angekommen bist.«

»Ich war mit den Gedanken woanders. Zumindest angekommen bin ich, gut leider nicht. Das Auto ist kaputt, aber das ...«

»Was ist passiert? Hattest du einen Unfall? Geht es dir gut, Mama?«, fragt sie mit schriller Stimme. Im Hintergrund ist ein Rascheln zu hören, wahrscheinlich von der Bettdecke.

»Mach dir keine Sorgen, Kyra, mir geht es gut. Aber Elena ist nicht hier. Du musst bitte zu ihrem Penthouse fahren und sie dort suchen. Vielleicht ist sie zurück nach Hause.«

»Was soll das heißen, Tante Elena ist nicht da? Ihr wolltet euch doch dort treffen. Hast du sie noch gar nicht gesehen? Wo bist du denn?« Trotz meiner Beschwichtigung klingt Kyra weiterhin besorgt und die Salve an Fragen ist auch verständlich. Ich werde meine Tochter kaum dazu bringen, mit Tram und Fahrrad quer durch München zu fahren, bevor sie nicht mehr Informationen erhält.

Eine Viertelstunde später beenden wir das Gespräch. Kyra wird sich sofort auf den Weg machen und mich zurückrufen, sobald sie etwas herausfindet.

Aber das kann dauern.

Unruhig laufe ich hin und her und kämpfe innerlich mit mir selbst. Es widerstrebt mir zutiefst, doch die Sorge gewinnt, und ich wähle die nächste Handynummer.

»Neubert«, meldet sich eine Männerstimme, gefolgt von einem kurzen tiefen Hupen im Hintergrund.

»Hallo Horst, hier spricht Nicole.«

»Welch eine Ehre«, braust Horst auf. Reflexartig zuckt meine Hand mit dem Telefon ein Stück vom Ohr weg. »Hat sie dich vorgeschickt, um mir etwas mitzuteilen? Egal was, ich will es nicht hören. Ich bleibe bei meinen Forderungen! Du kannst ihr ausrichten ...«

»Horst!«, brülle ich ins Handy, um ihn zu übertönen. »Das ist nicht der Grund für meinen Anruf. Sie hat mich nicht vorgeschickt. Ich suche Elena. Weißt du, wo sie ist?«

»Woher soll ich das denn wissen? Sie hat mich rausgeschmissen, wie du dich sicher erinnerst. Frag doch mal bei einem ihrer Lover.«

»Elena hat keine Liebhaber, das weißt du genau«, fauche ich. »Setz nicht ständig solche Gerüchte in die Welt.«

»Du bist so naiv, Nicole. Aber darum hat sie dich ja als ihre Freundin ausgesucht. Natürlich hat sie Lover und ich finde Beweise dafür, glaub mir.«

»Hör auf damit, Horst! Ich will nicht in euer Scheidungsdrama reingezogen werden. Ich will nur wissen, wo Elena ist. Oder wo sie sein könnte. Wir waren in eurem Ferienhaus verabredet, aber sie ist nicht hier.«

»In welchem?«

»Am Ortasee.«

»Aha. Nein, keine Ahnung. Ich wusste nicht, dass sie da unten ist. Seit dem letzten Schreiben von ihrem Scheidungsanwalt, das sowieso ein Witz ist, habe ich nichts mehr von ihr gehört. Aber wenn sie kommt, richte ihr aus ...«

»Nein, Horst. Ich sag doch, damit will ich nichts zu tun haben. Mach das selbst. Danke für die Auskunft.« Rasch drücke ich die Beendentaste.

Dieser Anruf ist so sinnlos gewesen und jetzt brauche ich auch noch einen Beruhigungstee.

Bitte um Hilfe

Leicht ist mir die Entscheidung nicht gefallen, schon wieder um Hilfe zu bitten. Aber was bleibt mir anderes übrig? Wie befürchtet hat Kyra in München nichts über Elenas Verbleib herausfinden können, sogar die Nachbarn hat sie befragt. Also bin ich erneut auf dem Weg zu Jan Töpfer.

Kaum auf der Straße verlässt jemand das Nachbargrundstück. Der Mann blickt in meine Richtung, bleibt stehen und beobachtet mich, wie ich mit schnellen Schritten am Seitenstreifen entlang auf ihn zulaufe.

Ein scharfes Bellen setzt ein. Der Kerl zuckt zusammen und macht einen Satz vorwärts auf den dort geparkten Wagen zu; es sieht so komisch aus.

»Scemo cagnaccio!«, schreit er Sila finster an, die nun am Tor hochspringt.

»Die kann Sie wohl nicht leiden«, rutscht es mir grinsend heraus.

Ich halte bei dem jungen Kerl an, dem seine schmutzige Arbeitshose regelrecht um die Beine schlackert. Wahrscheinlich sitzt sie nur dank des Werkzeuggürtels um die Hüften an Ort und Stelle. Mit einer fahrigen Bewegung wischt er sich ein paar dunkle Strähnen aus dem Gesicht und offenbart mir damit einen dieser grässlichen Tunnel im Ohr.

»Zum Wegwerfen! Das Vieh macht das immer mit mir.« Wie selbstverständlich spricht er plötzlich Deutsch, wenngleich mit starkem Akzent. »Waren Sie auf dem Grundstück der Neuberts? Was hatten Sie da zu suchen?«

»Warum interessiert Sie das?«

»Nur so.« Sein Kopfschütteln widerspricht dem kritischen Blick, mit dem er mich mustert, als hätte ich etwas verbrochen. »Laut meinem Chef ist es zurzeit unbewohnt. Da muss man doch wachsam sein, besonders heutzutage.« Er wendet sich ab, öffnet die Fahrertür des Pritschenwagens und springt hinein. Schon startet er den Motor und fährt davon. Es bleibt nicht einmal Zeit, mir das an der Fahrzeugseite aufgedruckte grüne Logo genauer anzuschauen, das mir flüchtig bekannt vorkommt.

Sobald der Wagen außer Sicht ist, hört Sila auf zu bellen. Schwanzwedelnd steht sie am Gartentor und hüpft sogar mit allen vieren in die Höhe, als könne sie es gar nicht erwarten, bis ich eintrete. Ich fühle mich tatsächlich geehrt.

Nach einer stürmischen Begrüßung begleitet sie mich genau wie beim ersten Mal freudig zum Haus – und zu ihrem Herrchen, das in der offenen Tür lehnt.

Mein ungutes Gefühl und die Erinnerungen an die Sorgen von letzter Nacht kehren unter seinem intensiven Blick zurück. Vor der Veranda bleibe ich stehen; das ist nah genug, um sich in normaler Lautstärke zu unterhalten.

»Guten Morgen, Herr Töpfer.« Meine Stimme klingt leicht krächzend. Ich schlucke mehrfach, um den Kloß loszuwerden, der mir plötzlich im Hals steckt.

»Jan«, erwidert er ungerührt, »oder Gärtner. Herr Töpfer hört sich zu steif an für die Frau, die mich überfahren wollte.«

Innerlich stöhne ich auf. Soll das so weitergehen wie gestern? Aber von der Wut in seinen Augen ist nichts mehr zu sehen. Irgendwie wirkt er lockerer, seine Stimmung scheint besser zu sein.

»Ein Scherz?«, frage ich. Um seine Mundwinkel taucht ein schiefes Grinsen auf. Es steht ihm verdammt gut und beruhigt mich ein wenig. »Dann guten Morgen, Jan.«

»Nicole.« Mit einem Nicken deutet er zum Nachbargrundstück. »Da du allein hier bist, nehme ich an, Elena ist nicht wieder aufgetaucht?«

»Richtig, und ich habe überall herumtelefoniert, aber niemand weiß etwas. Also muss ich jetzt zur Polizei.«

»Hältst du das nicht für übertrieben? Sie ist schließlich eine erwachsene Frau.« Sein hämischer Ausdruck versetzt mir einen Stich und erinnert mich unangenehm an den gestrigen Vorwurf, ich sei so pedantisch.

»Eine erwachsene Frau, die verschwunden ist«, betone ich, da er womöglich das Problem immer noch nicht verstanden hat. »Ich wollte fragen, ob … ob …« Ich bringe die Worte einfach nicht über die Lippen. Aber aus diesem Grund bin ich hier, mir bleibt keine Wahl. Das hat auch Kyra gesagt und mich damit in meiner Meinung bestärkt. Also atme ich tief durch. »Kannst du mich bitte hinfahren?«

Jetzt ist es heraus, ich habe es getan.

Die Überraschung steht Jan ins Gesicht geschrieben, seine Brauen rucken in die Höhe. »Ich soll dich zur Polizei fahren?«

»Ähm, ja. Das wäre nett.« Nervös kaue ich auf der Unterlippe herum. Wie nett er ist, hat er mir schließlich deutlich gezeigt.

»Nein, das kann ich nicht machen«, sagt er auch prompt und eine Welle der Enttäuschung ergreift mich. Genau diese Antwort habe ich befürchtet. »Was sollen meine Kunden davon halten, wenn ich die Polizei nach ihnen suchen lasse? Die fühlen sich von mir beobachtet und in ihrer Privatsphäre gestört. Und zwar vollkommen zu Recht. Dafür haben sie mich nicht engagiert.« Immerhin erklärt er mir diesmal seine Gründe und fertigt mich nicht nur knapp ab.

»Das mag ja sein, aber verschwundene Kunden nützen dir auch nichts. Die können dich nicht bezahlen«, halte ich mit dem Erstbesten dagegen, was mir einfällt. »Außerdem machst du das doch gar nicht, das mache ich. Dafür muss ich nur dort hinkommen und brauche einen Übersetzer.« Da er nicht den Anschein erweckt, als sei er bereits überzeugt, rede ich weiter. »Ich kenne mich hier nicht aus und spreche kein Wort Italienisch. Das würde mir auch alles nicht helfen, denn ich habe kein Auto mehr. Wie du weißt, ist es dank dir in der Werkstatt. Meinst du nicht, dass du mir etwas schuldest? Dann vergesse ich auch das mit dem Drankriegen.«

Jan verschränkt die Arme vor der Brust. Sein Blick wird hart und mir ist sofort klar, dass ich einen Fehler begangen habe. »Die letzten Sätze hättest du dir wirklich sparen sollen«, knurrt er grimmig. »Ich schulde dir gar nichts.«

»Ich bin verzweifelt!«

»Dann bestell dir einen Leihwagen. Die Carabinieri-Station ist in Orta San Giulio, mit Navi solltest du sie finden, und du kannst davon ausgehen, dass sie dort auch etwas Deutsch sprechen.«

Für ihn scheint das alles so unkompliziert zu sein. Doch das ist es nicht.

Tränen steigen mir in die Augen. Ich setze mich auf die Treppe und vergrabe meinen Kopf in den Händen. »So ein Leihwagen ist bestimmt furchtbar teuer. Den kann ich mir nicht leisten.« In Gedanken gehe ich wieder die Urlaubskasse durch, genau wie gestern Abend bei der Frage nach dem Hotelzimmer. Aber es bleibt dabei, derart große Ausgaben sind nicht eingeplant, dann kann ich gleich wieder nach Hause fahren – und selbst das ist nicht möglich ohne Auto.

Von Jan erfolgt keine Reaktion, aber das habe ich auch nicht erwartet.

Nur Sila stupst mich mit der Schnauze an und versucht, meine Hände wegzuschieben. Das ist so süß von ihr, am liebsten würde ich das Gesicht in ihrem Fell vergraben und heulen.

Ein Räuspern ertönt. »Nicht jeder hat Urlaub. Ich muss arbeiten und habe keine Zeit, in den Ort zu fahren und stundenlang auf dem Revier herumzusitzen. Wegen etwas, das mich gar nichts angeht.«

Meine Verzweiflung wandelt sich in Wut. »Ich habe es verstanden. Du willst mir nicht helfen!« Ich springe auf und stapfe los zum Gartentor. Nur weg hier, noch mehr von diesen Ausreden vertrage ich nicht.

»Warte!«, ruft Jan mir auf halben Weg hinterher. »Wenn es unbedingt sein muss und du dich wegen angeblicher Sprachprobleme nicht selbst traust, telefoniere ich eben mit den Carabinieri.«

Ich halte inne, drehe mich langsam wieder um und schenke ihm ein Lächeln. Das hat er sich verdient.

***

Sila liegt auf meinen Füßen. Warum auch immer, denn Platz ist hier im Garten mehr als genug. Ich sitze ganz still auf der untersten Treppenstufe und wage es nicht einmal, mit den Zehen zu wackeln, um sie nicht zu stören.

Jan läuft mit dem Telefon am Ohr hin und her. Während seiner italienischen Erklärungen, von denen ich wirklich nichts verstehe, gestikuliert er mit der freien Hand in der Luft herum. Zehn Minuten später beendet er stöhnend das Gespräch.

»Und?«, frage ich sofort, springe auf und stolpere dabei über Sila. Sie jault und verzieht sich mit eingezogenem Schwanz hinter Jan. Ich selbst fange mich im letzten Moment ab und verhindere so einen Sturz ins Blumenbeet.

»Pass doch auf!« Jan kniet sich neben Sila, um sie zu untersuchen.

»Entschuldigung«, murmle ich zerknirscht. »Geht es ihr gut?«

Sila wirkt so aufgedreht wie immer, das Schwänzchen wedelt schon wieder. Sie springt Jan sogar halb auf den Schoß und wirft ihn fast um.

Lachend knuddelt er sie. »Nichts passiert.« Doch als er sich aufrichtet, trifft mich sein grimmiger Blick. »Aber vielleicht passt du das nächste Mal besser auf. Ich könnte dich jetzt auch zur Strafe dumm sterben lassen.«

»Wenn ... Wenn du mich umbringst, wird es kein nächstes Mal geben«, erkläre ich stockend und lache verunsichert. Natürlich handelt es sich nur um eine Redewendung, aber so, wie er mich ansieht, muss ich wieder an meine Panik von letzter Nacht denken. Rein vorsorglich vergrößere ich den Abstand zwischen uns und schaue mich unauffällig nach dem besten Fluchtweg um, ohne ihn dabei aus den Augen zu lassen.

Jan starrt mich an, runzelt die Stirn und macht einen Schritt auf mich zu. Ich trete gleichermaßen zurück, immer noch unwissend, ob es ein Spiel oder Ernst ist. Bei dem Gedanken, dass er sicher schneller ist als ich und es bis zum Gartentor gewiss dreißig Meter sind, fängt mein Herz jedoch an zu rasen. Er würde mich einholen, bevor ich es erreiche.

Um Jans Mundwinkel zuckt es. Wieder kommt er näher und ich weiche zurück, halte aber gleich darauf inne, als er die Hände kurz in die Höhe hebend lauthals loslacht. Er tritt ein paar Schritte von mir weg. »Sag nicht, dass du den Spruch nicht kennst?«

»Doch. Natürlich.« Erleichtert atme ich durch und kämpfe gegen die Hitze an, die mir bis in die Ohrenspitzen schießt.

Jan lacht weiter. »Du hast wirklich geglaubt, ich will dich umbringen? Und das, direkt nachdem ich die Carabinieri hierher geordert habe? Da wäre ich ja schön blöd, meinst du nicht?«

»Wer weiß das schon? Du hast gestern auch so etwas erwähnt und ich habe schlecht geschlafen«, versuche ich mich zu erklären und wechsle schnell das Thema. »Was sagt die Polizei denn nun?«

Endlich beruhigt sich Jan. »Sie wollen später vorbeikommen und sich umschauen. Im Laufe des Vormittags, also rechne mit Mittag.«

»So spät?«

»Es ist kein Notfall. Oder soll ich nochmal anrufen und sagen, dass es dir nicht passt?«

»Schon gut. Danke«, wehre ich ab, weil es ihm tatsächlich zuzutrauen ist. Außerdem will ich nicht undankbar erscheinen. »Nur für mich fühlt es sich wie ein Notfall an. – Du bist dann vermutlich arbeiten?«

Jan verdreht die Augen und atmet tief durch. »Vermutlich. Aber ich habe ihnen erklärt, dass du nur Deutsch sprichst. Das solltest du also auch allein schaffen.«

Akku leer

Eine Katastrophe!

Der Polizeiwagen dreht, verlässt Elenas Grundstück und fährt auf der Straße nach Pella davon. Verzweifelt blicke ich ihm hinterher und rutsche am Türrahmen hinunter. Tränen laufen mir über die Wangen.

Ich habe alles falsch gemacht. Einfach alles – wie so oft in meinem Leben. Angefangen bei Kyras Vater, weiter mit teuren Fehlkäufen als Auslöser meiner finanziellen Sorgen und anderen fragwürdigen Entscheidungen bis hin zu dem Fiasko hier. Dabei habe ich es nur gut gemeint. Aber egal, was ich tue, manchmal läuft einfach alles schief. Und seit ich hier angekommen bin, definitiv.

Es ist nicht möglich, mich gegen diese Stimmung zu wehren. Ich will es auch nicht und steigere mich weiter in die Gedanken hinein. Als irgendwann das Brummen eines Autos auf der Straße ertönt, schaue ich erst gar nicht hin. Es ist mir egal, wer oder was dort vorbeifährt, solang nicht endlich Elena zurückkommt. Ich werde einfach hier sitzen bleiben, bis mir der Hintern schmerzt, und nichts mehr tun.

Erst das Knirschen von Kieselsteinen lässt mich aufblicken. Sila springt auf mich zu und ihr Herrchen tritt hinter dem Carport hervor.

Schnell wische ich die Tränen weg und habe dafür nun schwarze Spuren an den Fingern. Frustriert stoße ich die Luft aus. Wer weiß, wie ich im Gesicht aussehe. Ich wische weiter, bis kein Schwarz mehr hängen bleibt, und versuche, mir nichts anmerken zu lassen. »Wo kommt ihr denn her?«

»Eine Abkürzung.« Jan trägt Arbeitskleidung und benötigt dringend eine Dusche. Zumindest sieht er so aus, als hätte er den ganzen Tag hart gearbeitet. Aber sein Zustand ist dennoch um einiges besser als bei unserer ersten unliebsamen Begegnung. »Ich habe es nicht eher geschafft. Waren sie da?«

»Ja«, murmle ich und verziehe das Gesicht. »Aber erst am frühen Nachmittag. Bis dahin war ich das reinste Nervenbündel.«

»Was haben sie gesagt?«

Zwar rechne ich ihm hoch an, direkt nach Feierabend herüberzukommen und nachzufragen, zögere dennoch mit der Antwort. Es ist nicht leicht mit einem Menschen, von dem man rücksichtslos seine Macken vorgehalten bekommt, über einen richtigen Fehler zu sprechen. Nur gut, dass er meine Gedanken von eben nicht kennt und sie auch nie erfahren wird.

»Seit wann muss man jedes Wort einzeln aus dir rauslocken?« Auffordernd nickt er mir zu, sein kantiges Kinn wirkt von hier unten noch männlicher.

Ich kann es nicht mehr für mich behalten. »Sie haben gefragt, ob ich etwas mit Elenas Verschwinden zu tun habe«, platzt es aus mir heraus und ich schluchze auf. Schon stehen mir wieder die Tränen in den Augen.

»Oh!« Jan runzelt die Stirn. »Ich traue dir ja ziemlich viel zu. Fremde Menschen überfahren, sie anschreien und beleidigen und so.« Offenbar kann er es nicht lassen. Am liebsten möchte ich ihn wegschicken, fühle mich aber zu ausgelaugt, um mich gegen diese Angriffe zu wehren. Im nächsten Moment setzt er sich neben mir auf die Eingangsstufe und sieht mich von der Seite an. »Aber wie kommen sie denn darauf?«

Der Geruch von Männerschweiß dringt mir in die Nase, es ist noch nicht einmal unangenehm. Viel mehr irritiert mich Jans sanfter Tonfall.

»Sie konnten nichts feststellen, weil ich das Haus geputzt habe. Es ...«

»Du fährst in den Urlaub, um fremde Häuser zu putzen?«, unterbricht mich Jan lachend. »Sowas hätte ich mir ja denken können.«

»Ich wollte nur helfen«, murmle ich verschämt. »Und was sollte ich sonst in der ganzen Zeit machen?«

»Schon klar. Aber was heißt, *nichts feststellen*? Sie waren sicher nicht mit der Spurensicherung hier?«

»Ähm, nein. Da waren nur zwei Männer in dunklen Uniformen, die sprachen sogar Deutsch. Der Jüngere hat mir zugehört und meine Personalien aufgenommen, während der andere umhergelaufen ist und sich alles genau angeschaut hat. Als er damit fertig war, hat er mir eine Frage nach der nächsten um die Ohren gehauen. Wie es bei meiner Ankunft hier aussah und ob ich Streit mit Elena hatte. Ob ich meine Spuren verwischen wollte und darum sauber gemacht habe. Ob ich

Geldprobleme hätte und dass es mir hier in dem luxu-
riösen Haus doch sicher gut gefallen würde. Er hat so
sehr auf mich eingeredet, dass ich beinah selbst davon
überzeugt war, etwas mit Elenas Verschwinden zu tun
zu haben.«

Ein kurzes Auflachen ertönt von Jan. »Ich kann mir
vorstellen, wer das war. Zu deiner Beruhigung, auch
wenn sein Verhalten manchmal nicht ganz professio-
nell ist, macht er doch einen sehr guten Job. Hättest du
etwas mit Elenas Verschwinden zu tun, wüsste er das
jetzt sicher schon.« Er nickt mir zu. »Wie ging es dann
weiter?«

»Er ist mir nichts, dir nichts gegangen. Der Jüngere
hat mir zumindest noch erklärt, dass sie keine Anzeichen eines Verbrechens feststellen konnten und auch
keine Veranlassung sehen, nach Elena zu suchen.
Wenn ich eine Vermisstenanzeige aufgeben wollte,
müsste ich das in München tun. Aber er will immerhin
die Augen offenhalten und hat ein Foto von Elenas Bild
gemacht.«

»Warum regst du dich dann auf? Nur wegen der Fragen?«

»Auch.« Ich atme tief durch, um die nächsten Worte
über die Lippen zu bringen. »Und ich kam mir so dumm
vor. Immer noch. Wenn ich nur nichts angepackt hätte.
Wenn ich …«

»Wenn, wenn, wenn!« Unwirsch beendet Jan meine
Selbstvorwürfe. »Du glaubst doch nicht, dass sie dir
jetzt sagen könnten, wo Elena steckt. – Oder ist dir etwas aufgefallen? Irgendein Hinweis, etwas Verdächti-
ges?« Sein Tonfall ist wieder versöhnlicher und er betrachtet mich aufmerksam.

»Keine Ahnung, ich denke nicht. Es war so unordentlich wie immer bei Elena.«

»Na also! Und du hast wahrscheinlich auch nichts weiter von ihr gehört?«

Kopfschüttelnd verdrehe ich die Augen. »Würde ich dann so hier sitzen?«

»Fragen muss ich zumindest.« Jan streckt ein Bein aus, öffnet die aufgesetzte Hosentasche und fischt sein Handy heraus. Er tippt ein wenig darauf herum und durchsucht die Kontaktliste; sie scheint ellenlang zu sein. Dennoch findet er rasch Elenas Namen, wählt und hält sich das Gerät ans Ohr. Aber schon nimmt er es wieder herunter und aktiviert den Lautsprecher. Eine italienische Standardansage ertönt. »*Vorübergehend nicht zu erreichen.* Du hast doch gesagt, sie geht nicht ran.«

»Das ist neu«, bestätige ich aufgeregt. »Sonst hat es immer geklingelt. Also ist sie jetzt irgendwo unterwegs, wo es kein Netz gibt.«

»Möglich – oder der Akku ist inzwischen leer.«

»Ja.« Enttäuscht lasse ich die Schultern hängen und kraule Sila nachdenklich das Fell. »Ich habe ein Ladekabel gefunden. Bestimmt war das Handy seit Tagen nicht mehr am Strom.«

»Hast du eigentlich das ganze Haus durchsucht?«

»Nein, natürlich nicht das ganze. Das Kabel lag auf dem Wohnzimmertisch und die Schublade mit der Unterwäsche habe ich nicht geöffnet«, erwidere ich spitz. Schon wieder macht er sich über mich lustig, aber immerhin scheint das Gespräch in die richtige Richtung zu laufen. »Ich habe nur geschaut, ob ich vielleicht einen Hinweis finde, der mir bei der Suche nach ihr weiterhilft, aber da war wie gesagt nichts. Also glaubst du mir, dass etwas nicht stimmt?«

In aller Ruhe verstaut Jan sein Smartphone, zieht die Beine an und stützt sich mit den Ellenbogen darauf ab. Dann dreht er den Kopf und schaut mir direkt in die verheulten Augen. »Was meinst du wohl, warum ich hier bin?«

»Heißt das, du hilfst mir, sie zu suchen?«, frage ich atemlos und wage kaum, mich zu rühren, um ihn nicht von der erhofften Antwort abzubringen.

»Du hast schon recht. Was nützt mir eine verschwundene Kundin? Also ja, ich helfe dir. Wir können uns ein bisschen umhören, ob sie gesehen wurde. Aber wenn jemand fragt: Das geht auf deine Kappe! Ich muss an den Ruf meiner Firma denken.«

Ganz glaube ich ihm nicht, dass er nur aus Eigennutz handelt. Mein Instinkt sagt mir, es steckt mehr dahinter, auch wenn ich es nicht benennen kann. Vielleicht hätte ich eben auf die Frage, warum er hier ist, anders reagieren sollen, um die wahren Gründe zu erfahren. Aber egal, Hauptsache, er hilft mir. Ich möchte Luftsprünge machen vor Erleichterung. »Danke, Jan. Also fragen wir erst einmal die Nachbarn. Wie weit wohnen die weg?«

Seine Brauen rucken in die Höhe, die Bewegung ist mir nun schon vertraut. Er zeigt kurz umher. »Welche Nachbarn? Hier ist sonst niemand.«

»Gar niemand?« Augenblicklich muss ich wieder an die letzte Nacht denken und wehre mich verzweifelt gegen alle aufkommenden Gefühle, damit nicht noch einmal so eine peinliche Situation wie vorhin entsteht.

Jan schüttelt langsam den Kopf und verzieht die Miene zu einem spöttischen Grinsen. »Wir wohnen hier in einer Sackgasse, das weißt du schon, oder? Ganz am Ende in Ronco leben nur noch zwei alte Leute, die kaum mehr aus dem Haus gehen. Der Rest ist verlassen oder steht zum Verkauf. Das heißt, wir beide sind ganz allein.«

»Okay, dann … dann«, stottere ich und atme tief durch, um mich zu beruhigen. Das gelingt allerdings nur mäßig. Erst als ich registriere, wie Jan sich noch immer über mich amüsiert, bekomme ich die Kurve. »Was machen wir denn dann?«

»Wir fahren durch die Orte und fragen herum.«

»Das sind doch so viele. Macht das Sinn? Sollten wir nicht erst einmal den See absuchen? Du weißt schon, wegen dem Schal.«

»Das halte ich nach wie vor für unwahrscheinlich. Außer, du kannst mir erklären, wo das Auto abgeblieben ist.« Herausfordernd blickt er mich an, scheint aber keine Antwort zu erwarten, denn er spricht schon weiter: »Hast du beim Aufräumen ihre Handtasche gefunden?«

»Nein, ja. Ich meine nein, nicht die, die sie aktuell benutzt.«

»Na also, sie ist geplant weggefahren. Und wo fährt man hin, wenn man in Kürze Besuch erwartet? Doch am wahrscheinlichsten in den Ort, um ein paar Einkäufe zu erledigen. Dort sollten wir anfangen. Vielleicht können wir herausfinden, was sie die letzten Tage gemacht hat, und finden so eine Spur.«

»Sie war noch nicht einkaufen. Eine angefangene Liste hängt an der Pinnwand und der Kühlschrank ist fast leer«, erkläre ich kopfschüttelnd. Sein Plan hört sich dennoch nicht schlecht an, besonders, da mir direkt etwas anderes dazu einfällt. »Aber ich habe einen Kassenbon von einem Café gefunden.«

»Gut, zeig ihn mir«, verlangt Jan und sieht plötzlich misstrauisch aus. »Oder ist er im Müll gelandet?«

»Nein, ich schmeiße doch nicht Elenas Sachen weg.« Murrend erhebe ich mich. Meine Glieder sind steif, ich habe ziemlich lang hier gesessen und muss mich erst einmal strecken. »Außerdem will sie das vielleicht noch jemanden in Rechnung stellen. Das war eine gehörige Summe.« Ich laufe los in die Küche und hole den Zettel aus der Schublade, die ich für Elena zur einfachen Aufbewahrung solcher Dinge ausgesucht habe.

Zurück bei Jan sieht er ihn sich nickend an. »Der ist von Montag. Okay, da fangen wir an. Vielleicht wissen die etwas.« Mit einem Satz springt er auf. »Gib mir eine halbe Stunde, dann können wir los.« Ohne eine Antwort abzuwarten, dreht er sich um und verschwindet hinter dem Carport. Sila folgt ihm.

Orta San Giulio

Die halbe Stunde ist noch nicht vorbei, als es draußen schon hupt. Ich habe es gerade einmal geschafft, mich so weit zurechtzumachen, um wieder vernünftig aus den Augen gucken und mich unter Leute wagen zu können. Schnell schnappe ich mir meine Handtasche, ziehe den Ersatzschlüssel von der Eingangstür ab und verlasse das Haus.

Am Straßenrand vor der Grundstückseinfahrt steht ein großer dunkler Pick-up mit laufendem Motor. Auf ihm ist das gleiche grüne Logo abgedruckt wie auf dem Pritschenwagen von heute Morgen. Ein Haus mit Grundstück, Bäumen und dem Schriftzug *Assistenza casa vacanze – Ferienhausbetreuung Jan Töpfer* inklusive einer Telefonnummer darunter. Jetzt ist mir klar, woher ich es kannte: von der Visitenkarte.

Dennoch blicke ich vorsichtshalber durch das Seitenfenster und sehe Jan in frischen Klamotten am Steuer des Wagens, neben ihm Sila, was mich nicht wirklich überrascht. Die Sitzbank bietet genügend Platz für uns alle, also öffne ich die Tür und klettere hinein.

»Hallo, ihr beiden.« Meine Handtasche lege ich in den Fußraum und schließe mit einem lauten Knall die schwere Wagentür.

Jan nickt mir zu. »Wollen wir?« Das muss eine rhetorische Frage sein, denn er fährt bereits los.

Zur Sicherheit halte ich mich am Türgriff fest. Die Straße, die ich gestern entlanggekommen bin, ist kurvig und wer weiß, was Jan für einen Fahrstil an den Tag legt. Aber die Sorge ist unnötig, wir gleiten nur so dahin. Den Griff lasse ich wieder los und kraule dafür Sila am Kopf, die ihre Schnauze zufrieden auf meinem Bein ablegt.

»Der junge Mann heute Morgen, der von deinem Grundstück kam, ist ein Mitarbeiter von dir?«

»Ja, Pietro.« Jan bremst den Wagen ab, durchfährt eine Neunzig-Grad-Kurve und gibt wieder Gas. »Wieso?«

»Also bist du sein Chef?«

»Ja, das sag ich doch. Wieso?«

»Nichts weiter. Wir haben uns nur kurz unterhalten.« Sicher ist es bedeutungslos. Andererseits, ich weiß ja gar nicht, woran ich bin. »Er hat gefragt, was ich auf Elenas Grundstück zu suchen habe. Das wäre doch unbewohnt – hättest du ihm gesagt.«

Jan zuckt etwas zusammen. »Was? Nein, warum sollte ich das sagen? Er wird sich vertan haben. Bei den vielen Objekten, die wir betreuen, passiert das schon mal. Hauptsache, er verwechselt seine zugeteilten Kunden nicht.« Er gibt ein leichtes Knurren von sich, das mich hoffen lässt, dem Jüngling mit meiner Frage keinen Ärger beschert zu haben. »Ich sollte ihn wohl noch einmal an unsere Verschwiegenheitsvereinbarung erinnern.«

»Es ist doch nichts passiert«, beteuere ich schnell und kehre zurück zum eigentlichen Thema. »Also hat er mit Elenas Grundstück nichts zu tun?«

»Nein, um das habe ich mich schon immer selbst gekümmert. Darauf hat sie damals bestanden.«

»Bist du so gut oder traut sie deinen Mitarbeitern nicht?«, frage ich und muss lachen. »Sila kann diesen Pietro wohl auch nicht leiden.«

»Noch nie. Eigentlich ist sie zu jedem freundlich. Manche Menschen mag sie besonders gern.« Jan wirft mir einen schnellen Seitenblick zu. »Nur mit wenigen kommt sie gar nicht klar, Pietro ist einer von ihnen. Ich muss sie immer einsperren, wenn er in der Nähe ist.«

»Die Arme«, murmle ich nur, denn wir passieren soeben unsere Unfallstelle.

Die Bremsspuren und der beschädigte Baum sind nicht zu übersehen. Hoffentlich übernimmt die Versicherung den Schaden. Bei der muss ich am Montag dringend anrufen, gestern ist der Unfall durch Elenas Abwesenheit ganz in den Hintergrund gerückt.

»Was hast du überhaupt in dem Wald gemacht?« Ich versuche, etwas in der Richtung zu erkennen, aus der Jan angerannt gekommen ist, aber wir sind schon vorbei.

Er zieht die Stirn kraus. »Privatsache.«

Das ist alles, mehr sagt er nicht. Und schon ist mein ungutes Gefühl ihm gegenüber wieder da. Warum verschweigt er es? Was hat er für Geheimnisse? Ich hoffe einfach, es hat nichts mit Elena und ihrem Verschwinden zu tun. Gerade in so einer Situation wie unserer muss ihm doch bewusst sein, wie sehr mich das interessiert und eine ehrliche Antwort beruhigen könnte. Aber vielleicht liegt es auch daran, dass er generell nicht viel von sich preisgibt. Was weiß ich schon von ihm? So gut wie nichts. Ich beiße die Zähne zusammen. Es ist mir zu blöd, weiter nachzufragen.

Ein unangenehmes Schweigen entsteht.

Wir verlassen den Wald, fahren durch die Ortschaft Pella und weiter am See entlang. Dabei weicht Jan einem Schlagloch nach dem nächsten aus. Er scheint es gewohnt zu sein, aber mich nervt es. Außerdem mag ich diesen Ruck im Bauch nicht, wenn er doch eins erwischt.

Meinen Blick wende ich dem Wasser zu, wie automatisch wird er immer wieder von einer kleinen dicht bebauten Insel angezogen. Die würde ich gern besichtigen, wenn wir Elena gefunden haben.

In Gozzano umrunden wir die Südspitze und eine enge Straße führt uns auf der anderen Seeseite wieder nach Norden. Das gibt mir die Gelegenheit, das Gebirge zu betrachten, unterhalb dem wir eben entlanggefahren sind.

»Ist da etwas auf der Felsklippe?«

Jan überholt einen Rollerfahrer, folgt mit seinem Blick der Richtung, in die ich zeige, und nickt. »Die Wallfahrtsstätte der Madonna del Sasso. Absolut sehenswert. Also wenn du mal Zeit hast.«

»War das eine Einladung?«, rutscht es mir heraus und ich möchte am liebsten im Erdboden versinken. Was rede ich da nur? Und ausgerechnet mit ihm. Bevor es noch peinlicher wird, versuche ich abzulenken. »Das ist ziemlich hoch. Da hat man bestimmt eine gute Aussicht.«

»Ein perfekter Ausblick über den See«, bestätigt Jan. Da er sich beiläufig anhört, wage ich es, ihn wieder anzuschauen. Ein Fehler. Er grinst amüsiert und hat offenbar nur auf Blickkontakt gewartet. »Damit du mich vom Felsen schmeißen kannst, wenn das mit dem Überfahren schon nicht klappt? Vielleicht hatten die Carabinieri doch recht mit dem Verdacht gegen dich. Hast du ihnen davon eigentlich auch erzählt?«

»Da habe ich gar nicht dran gedacht.« Ich spüre die Hitze in meinem Gesicht, denn in Wahrheit habe ich es wegen des Zebrastreifens und meines Anrufversuchs vor dem Unfall absichtlich nicht erwähnt.

»Dann lass es besser dabei.«

Wieder verfallen wir in Schweigen, aber diesmal macht es mir nichts aus.

Es sind vielleicht zwanzig Minuten vergangen, als wir an dem Ortsschild von Orta San Giulio vorbeifahren. Auf einem öffentlichen Parkplatz stellt Jan den Wagen ab.

»Von hier müssen wir laufen. Die Innenstadt ist autofrei«, erklärt er und springt hinaus, direkt gefolgt von Sila.

Schnell greife ich mir meine Tasche, klettere ebenfalls ins Freie und beobachte verwundert, wie Jan eine Leine an Silas Halsband befestigt. »So habe ich sie ja noch nie gesehen. Angeleint meine ich.«

»Das ist bei ihr auch nicht nötig. Aber wir ziehen heute besser keine Aufmerksamkeit auf uns und halten uns an die Vorschriften.« Er verriegelt das Fahrzeug und zeigt zu einem Ende des Parkplatzes. »Da entlang.«

Staunend laufe ich neben Jan die leicht abschüssige Straße hinunter und versuche, alles in mich aufzunehmen. Villen, Palmen und duftende Blumen. Dann mit Kopfsteinen gepflasterte Gässchen, Innenhöfe, kleine grün bewachsene Balkone, bunte Holzfensterläden und viele Torbögen. Wir passieren mehrere Restaurants und auch Cafés, offenbar alle nicht das von uns gesuchte. Durch die schmalen Gassen hindurch gerät immer wieder der See in mein Blickfeld. Sicher liegt das Café direkt am Ufer, das wäre typisch Elenas Stil. Solch eine Lage verleiht einer Lokation zusätzlichen Charme und macht damit noch einmal um einiges mehr her.

Doch bevor wir das Wasser erreichen, biegt Jan in eine leere schmale Gasse ab. Nach etwa hundert Metern bleibt er stehen und öffnet eine Holztür. »Wir sind da.«

Nach einem Schild oder Hinweis auf ein Café suche ich vergeblich. Auch sonst gibt es nichts weiter; keiner dieser kleinen Laden an den Hausecken und kein Mensch. Irgendwie ist mir unheimlich zumute. »Wie, hier?«

»Ja, das ist der Hintereingang. Lass dich überraschen.« Mit diesen Worten schiebt er mich durch die Tür.

Nedina

Wie komme ich nur auf die Idee, Jan zu vertrauen? Er ist noch immer derselbe unmögliche Kerl von gestern, der mir Alpträume beschert hat – schlafend und wach. Geändert hat sich nichts, abgesehen von seinem Angebot, mir bei der Suche zu helfen. Aber wenn das nur ein Vorwand ist, mich verschwinden zu lassen? So wie Elena. Sollte ein Verbrechen geschehen sein, ist er für mich womöglich der Hauptverdächtige. Und was mache ich? Ich lasse mich von ihm in ein schummriges Hinterhofhaus bringen.

Unauffällig taste ich in der Tasche nach dem Pfefferspray, das ich seit einem Vorfall vor ein paar Jahren immer bei mir trage.

Mit seiner Hand an meinem Rücken schiebt Jan mich unerbittlich vorwärts. Ich spüre jeden einzelnen Finger und das Tapsen der Hundepfoten auf dem Dielenboden dröhnt in meinen Ohren.

Nur durch eine Schwingtür am Ende des langen Ganges dringt Licht zu uns. Ich beschleunige meine Schritte und halte auf sie zu.

Beinah fluchtartig trete ich hindurch – und bleibe wie angewurzelt stehen. »Wow!«

Vor mir erstrahlt eine hell erleuchtete Gaststube in warmen Farben. Bodentiefe Fenster hinter den einzeln stehenden Tischen bieten über die Terrasse hinweg einen Ausblick direkt auf den Lago d'Orta. Von hier aus wirkt es, als befänden wir uns oberhalb des Wassers. Es ist himmlisch. Gemütlich und sogar romantisch. Blumenkübel stehen an jeder Ecke. Die Rundbögen sind rankenverziert.

»Damit habe ich nicht gerechnet«, murmle ich verschämt und blicke kurz zu Jan hoch, der neben mir anhält.

Ein zufriedener Ausdruck liegt auf seinem Gesicht, in dem schon wieder die ersten Bartstoppeln sprießen. Zum Rasieren hat die Zeit vorhin wohl nicht ausgereicht. Vielleicht ist es auch Absicht, denn es steht ihm ziemlich gut. Meine Gedanken verwirren mich; erst denke ich das Schlimmste von ihm und im nächsten Moment so etwas.

»Dann ist die Überraschung ja gelungen.« Jan lacht leise und deutet nach rechts zu einer doppelflügeligen Glastür, von der nur eine Seite genutzt wird. Die andere ist mit Pflanzen zugestellt. »Da ist der Haupteingang, für das nächste Mal. Nedina ist sicher nicht damit einverstanden, wenn Touristen den Hintereingang nutzen.«

»Habe ich meinen Namen gehört?« Wie aus dem Nichts taucht eine Bedienung vor uns auf. Mit einem Strahlen stellt sich die dunkelhaarige junge Frau auf die Zehenspitzen und gibt Jan ein Küsschen auf die Wange. »Schön, dich zu sehen, Jan.«

Ohne es zu wollen, reiße ich die Augen auf, besinne mich aber und trete einen Schritt zurück, um die beiden nicht zu stören. Schlucken fällt mir auf einmal schwer.

Was soll das, worüber rege ich mich auf? Natürlich hat Jan Frauenbekanntschaften, und genauso natürlich ist zu erwarten gewesen, dass sie dermaßen gut aussehen. Mit einem umwerfenden Lächeln, glänzenden Haaren, fantastischer Figur ...

Meine Güte, ich bin eifersüchtig. Was ist das nur mit ihm?

Außerdem ärgert es mich, dass er mich als einfache Touristin bezeichnet. Auch wenn ich das irgendwie bin, was mir noch deutlicher bewusst wird, da die beiden sich mittlerweile angeregt auf Italienisch unterhalten und ich kein Wort verstehe.

Um meine Unsicherheit zu verbergen, hocke ich mich zu Sila und streichle sie. Bereitwillig nimmt sie die Zärtlichkeit an.

»Nicole?« Mit gerunzelter Stirn blickt Jan von gefühlt zwei Metern über mir auf mich herunter. Die junge Frau neben ihm lacht; es ist keine Kunst zu erraten, worüber.

Warum musste ich mich auch hier hinhocken? Schnell stehe ich auf. »Ja?«

»Möchtest du etwas trinken? Es gibt zwar keinen freien Tisch, aber wir können uns einen Moment zu Nedina an die Theke stellen.«

Nedina! Schon so ein außergewöhnlicher Name, weich und anschmiegsam auf der Zunge. Ganz anders als Nicole, was sich nur hart und gewöhnlich anhört.

»Espresso, Ristretto, Espresso Macchiato, Latte Macchiato, Moccachino, Marocchino, Caffé Freddo, Caffé Latte …?«, zählt Nedina mir eine Kaffeespezialität nach der anderen auf. Wahrscheinlich habe ich sie für ihren Geschmack zu lang angestarrt, ohne zu antworten.

Es ist einfach alles nur peinlich und ich möchte so gern verschwinden. Dennoch hebe ich die Hand, um ihren Wortschwall zu unterbrechen. »Einen Cappuccino, bitte.« Den letzten habe ich gestern vor der Abfahrt getrunken und lechze nun nahezu nach Koffein, außerdem brauchen wir immer noch Informationen. Die sind am wichtigsten, selbst wenn ich nachher leuchtend wie eine Glühbirne hier hinausgehe.

Nedina nickt höflich lächelnd, zwinkert Jan zu und eilt hinter die Theke.

»Was ist los? Du verhältst dich ja noch merkwürdiger als sonst schon.« Jan mustert mich mit einem seltsam intensiven Blick aus seinen dunklen Augen.

»Nichts weiter«, wiegle ich ab und wische mir eine Haarsträhne aus dem Gesicht. Auf diese Frage erhält er mit Sicherheit keine Antwort. Ich schaue mich noch einmal um, die runden Tische sind tatsächlich alle besetzt. Die Geräuschkulisse ist hoch, aber nicht unangenehm. »Wo sollen wir hin?«

»Da vorn.« Jan schiebt mich zur Mitte der Theke.

Nedina erscheint auf der anderen Seite und stellt zwei dampfende Tassen vor uns ab. Kleines Gebäck liegt am Rand der Unterteller. »Lasst es euch schmecken.« Sie sagt das wieder einfach so auf Deutsch, als ob sie mich nicht eben erst mit ihrem italienischen Redeschwall eingeschüchtert hätte. Vermutlich werden Sprachkenntnisse in so einem Café erwartet.

»Grazie, Nedina.« Jan wirft mir einen schnellen Blick zu. »Warum wir eigentlich hier sind: Nicole ist auf der Suche nach ihrer Freundin. Die war am Montag bei euch zu Gast. Hast du an dem Tag gearbeitet?«

»Ja, ich war Montag hier. Aber ob ich euch da helfen kann, möchte ich bezweifeln. Ihr seht ja selbst, was hier los ist. Das ist heute keine Ausnahme.«

»Vielleicht kannst du das doch. Du erinnerst dich doch an Elena, eine Kundin von mir, die auf meinem Nachbargrundstück wohnt.«

Nedina macht eine abwägende Handbewegung. »Vage.«

»Du hast doch sicher ein Bild, Nicole. Zeig es ihr!« Jan sieht zu mir herüber und ein Schmunzeln breitet sich auf seinem Gesicht aus, denn ich habe mein Handy längst hervorgeholt und halte es ihr hin.

Sofort nickt Nedina. »Natürlich, ich erinnere mich. Sie hat draußen auf der Terrasse gesessen. Sogar eine ganze Weile.«

Mein Herz macht einen Satz. Endlich eine Spur!

»Hat sie etwas gesagt, was sie die nächste Zeit vorhat?« Aufgeregt beuge ich mich über die Theke, um kein Wort zu verpassen. »Oder war sie irgendwie komisch?«

»Sie hat nicht viel gesprochen, zumindest nicht mit mir. Sie war zu abgelenkt«, erwidert Nedina mit einem Zwinkern.

»Was soll das heißen? Hatte sie einen geschäftlichen Termin?« Ich blicke mich noch einmal um, denn für ein Treffen mit einem Klienten halte ich diesen Ort für nicht angemessen.

»Ich belausche doch nicht die Gespräche unserer Kunden!« Nedina straft mich mit einem vorwurfsvollen Blick. »Aber nein. Sie war zwar in Begleitung, aber für mich sah das eher privat aus und es war offensichtlich, dass die beiden nicht gestört werden wollten.«

Verwirrt reiße ich die Augen auf. »Etwa ein Mann?«

»Auf jeden Fall kein Schaf«, platzt es aus Nedina heraus. Ihr scheinen meine Fragen auf die Nerven zu gehen und erst auf ein geräuschvolles Räuspern von Jan hin zuckt sie entschuldigend mit den Schultern. »Ja, natürlich ein Mann.«

»Du weißt nicht zufällig, wer?«, fragt Jan.

»Doch: Marco. Du kennst ihn auch. Oben vom Bäcker.«

Jan nickt langsam. »Und war sie danach nochmal hier?«

»Daran kann ich mich nicht erinnern. Aber ich könnte Julio fragen, der ist ja quasi ständig hier und hat einen Blick für hübsche Frauen. Soll ich?«

»Ja, bitte.«

Nedina streckt mir die offene Hand entgegen. »Das Bild.«

Erschrocken weiche ich zurück. Ich soll einer fremden Frau mein entsperrtes Smartphone überreichen? Hilfesuchend blicke ich zu Jan, doch der nickt mir auffordernd zu. Also drücke ich es ihr noch immer leicht zögernd in die Hand und sie läuft damit los. Auf seine Verantwortung.

Nervös nippe ich an meinem Cappuccino und versuche dabei, Nedina im Auge zu behalten. Sie verschwindet hinter ein paar Gästen, die sich in diesem Moment von ihrem Tisch erheben. Da ich nicht noch mehr auffallen möchte, beschäftige ich mich weiter mit dem nahezu perfekten Getränk und tauche das Gebäckstück hinein.

Eine zierliche Hand schiebt sich von hinten zwischen Jan und mich und legt mein Smartphone auf die Theke. »Julio hat sie nicht gesehen, also war sie nicht mehr da«, sagt Nedina. »Entschuldigt, die Kundschaft wartet.«

Jan lächelt sie an. »Kein Problem. Molte grazie, Nedina!«

»Für dich gern, Jan. Lass dich öfter mal hier sehen.« Ein Küsschen später eilt sie zu einem Tisch mit drei jungen Männern. Sie lacht herzlich, wirft ihre langen Haare über die Schulter und drückt jedem von ihnen ein Kuss auf die Wange.

Ich komme mir so bescheuert vor.

Zuckerstreusel

Wie normale Gäste verlassen wir das Café durch den Haupteingang. Jan hält mir die Tür auf und ich trete hinaus in den strahlenden Sonnenschein.

Aufs Neue überwältigt mich der Blick auf den See mit dem gegenüberliegenden Gebirge, dem dichten Wald und den Ortschaften dazwischen. Einfach atemberaubend; fast ärgere ich mich, nicht schon früher auf eine von Elenas Einladungen eingegangen zu sein. Sicher werde ich noch ein richtiger Fan vom Ortasee.

Wenn da nur nicht unser kleines Problem wäre.

Entschlossen reiße ich mich von der Aussicht los und folge Jan und Sila in die nächste Gasse, die vom Wasser wegführt. »Du kennst diesen Marco?«

»Nur flüchtig, vom Sehen. Schauen wir mal, ob er an der Arbeit ist, denn wo er wohnt, weiß ich nicht.«

Wieder dirigiert er mich durch die engen Gässchen, vorbei an kleinen Läden und Cafés bis zu einem freien Platz. Den überquert er mit schnellen Schritten, nur um erneut in eine Seitengasse abzubiegen. Mir bleibt nicht einmal die Zeit, mir das bemalte Gebäude mit dem Glockenturm und den großen Rundbögen näher anzuschauen, so sehr habe ich Mühe mitzuhalten, ohne neben ihm herrennen zu müssen.

»Das ist es.« Vor einem Gebäude an der nächsten Ecke bleibt Jan stehen und befestigt die Hundeleine an einem Blumenkübel, der auf den Steinstufen platziert ist. Sicher ist das meiner Meinung nach nicht. Wenn Sila losrennt, geht hier alles zu Bruch. Aber er wird schon wissen, was er tut. Auf seinen Befehl hin setzt sie sich auf den Hintern und schaut ihn ein wenig bedröppelt an.

Neben der breiten Eingangstür der Bäckerei sind Öffnungszeiten täglich bis achtzehn Uhr deklariert, an Wochenenden sogar eine Stunde länger. Ich werfe einen Blick auf mein Handy, es ist Viertel nach fünf.

Gemeinsam betreten wir den kleinen Laden und sofort dringt mir ein herrlicher Duft in die Nase. Das Wasser läuft mir im Mund zusammen und mein Magen knurrt – laut und vernehmlich. Meine Güte, schon wieder schießt mir Hitze in die Wangen.

Eine ältere Dame hinter dem Verkaufstresen begrüßt uns freundlich. Um mich nicht auch noch bei dem Versuch, den Gruß auf Italienisch zu wiederholen, vor Jan zu blamieren, nicke ich ihr nur lächelnd zu.

Jan wechselt ein paar Worte mit ihr.

Kurz darauf tippelt sie zu einer Tür, die in den hinteren Teil des Gebäudes führt, und ruft laut etwas. Einzig den Namen Marco höre ich heraus. Eine Männerstimme antwortet und sie kommt zu uns zurück. »Un momento.«

Die Wartezeit nutze ich, um mir die Auslage genauer anzuschauen. Unsere Standardprodukte wie die Brote, Brötchen, Stangengebäck und Croissants erkenne ich problemlos. Bei den anderen Dingen bin ich allerdings froh über die kleinen Schilder: Biscotti, Cantuccini, Torroncini, Amaretti. Auch Kuchen gibt es und sogar eine hübsch verzierte Torte ist ausgestellt. Alles sieht so lecker aus und verstärkt nur mein Magengrummeln.

Gleichzeitig mit zwei weiteren Kunden vorn am Haupteingang tritt ein großgewachsener Mann im mittleren Alter durch die hintere Tür. Die Verkäuferin deutet auf uns und wendet sich den Neuankömmlingen zu.

»Cosa posso fare per voi?« Seine braunen Augen fragend auf uns gerichtet, kommt der Mann näher. Er ist schlank, aber nicht dürr und sein markantes Gesicht strahlt Selbstbewusstsein aus. Ja, der könnte Elena gefallen. Auch wenn er mit seiner umgebundenen weißen Schürze und der Haube auf dem Kopf, unter der lange Haare herauslugen, ein eher ungewöhnlicher Umgang für sie ist. Aber es muss ja nicht immer so ein geschniegelter Anzugtyp sein.

Ich finde es gut und lächle ihn freundlich an, während Jan ihn begrüßt.

»Du bist Marco, richtig?«

»Das ist richtig.« Er spricht mit einem deutlichen Akzent, irgendwie melodisch, aber immerhin Deutsch.

»Vielleicht kennst du mich, mein Name ist Jan und das hier ist Nicole. Sie hat eine Frage an dich.« Jan deutet auf mich und überlässt mir das Wort.

Damit habe ich nicht gerechnet. »Hallo Marco, ich heiße ... aber das hat Jan ja bereits gesagt. Ich komme aus München und bin auf der Suche nach meiner Freundin. Hast du sie gesehen?«

Ein Grinsen breitet sich auf Marcos Gesicht aus. »Womöglich, aber ... ich kann dir wirklich nichts sagen.«

»Warum denn nicht? Du sollst dich mit ihr getroffen haben. In dem Café ... Jan, wie heißt das Café?« Schnell sehe ich zu ihm und stocke.

Jan grinst mich auf die gleiche Weise an wie Marco. Irgendetwas verstehe ich hier nicht, aber die beiden amüsieren sich offenbar köstlich über mich.

So langsam werde ich sauer. »Was ist los?«

»Auch auf die Gefahr hin, mich zu wiederholen und bei uns beiden damit schlechte Erinnerungen hervorzurufen, aber vielleicht solltest du erst einmal erwähnen, von wem du überhaupt redest.«

Ein kleines frustriertes Stöhnen kann ich nicht verhindern. Das ist ja so typisch für mich. Verschämt wende ich mich wieder an Marco. »Elena Neubert ist ihr Name. Sagt dir das etwas?«

Marcos Grinsen erstirbt, er zieht die Brauen zusammen und wirkt mit einem Mal verschlossen. »Non voglio sentir parlare di lei.«

»Also kennst du sie«, stellt Jan fest, was meine Aufregung noch mehr steigert. Wir sind auf der richtigen Spur.

Auch wenn Marco wieder ins Italienische gewechselt hat, frage ich einfach weiter: »Hast du dich mit ihr getroffen?«

Doch Marcos Blick wird sekündlich abweisender. »Non ho nulla da dire.«

Jan redet nun auf Italienisch auf ihn ein und ich verstehe gar nichts mehr. Aber selbst ich erkenne, wie sauer Marco ist. Seine ganze Körperhaltung strahlt Ablehnung aus. Er spricht noch ein paar Sätze mit Jan, der immer weiter nachfragt, winkt ab und verschwindet wieder hinten im Laden.

»Lass uns gehen.« Jan schiebt mich zum Ausgang der Bäckerei. Vor der Scheibe sitzt Sila und blickt zu uns hinein. Die vorbeilaufenden Menschen scheinen sie gar nicht zu stören. Sobald Jan die Tür öffnet, springt sie auf.

»Oh, Moment. Ich komme gleich nach«, sage ich und gehe noch einmal zurück zur Verkaufstheke. Die große Auswahl an Leckereien überfordert mich plötzlich, ich kaufe einfach ein frisches Brot und zwei Teilchen.

Jan hat es sich auf den Steinstufen neben Sila gemütlich gemacht und wartet auf mich. Ich setze mich zu ihm und halte ihm die offene Tüte hin. Das ist das Mindeste, was ich als Dankeschön für seine Mühe tun kann.

Er nickt und greift zu. »Also die Kurzfassung: Marco wollte sich am Mittwoch in Césara mit Elena treffen, um mit ihr auf den Monte Mazzone zu wandern. Mir kam es so vor, als ob er sich einiges von dem Date versprochen hat. Aber sie ist nicht erschienen.«

»Deswegen sah er so sauer aus. Hat er noch mehr gesagt?«

»Nur, dass er sich extra einen Tag freigenommen hat. Eine halbe Stunde hat er gewartet und ist dann wieder gegangen. Für ihn war das Thema Elena damit erledigt. Er hat noch von Zuverlässigkeit und schlechten Erfahrungen gesprochen und von seiner Tochter, für deren Ferien er den Urlaub eigentlich brauchte.«

»Das ist ärgerlich, das sehe ich ein. Aber eine halbe Stunde ist nicht lang, zumindest für Elena. Vielleicht haben sie sich einfach verpasst. Oder denkst du, sie hat ihn wirklich versetzt? Oder war sie da schon verschwunden? Oder hat er ihr ...«

Das Klingeln von Jans Handy unterbricht mich. Er legt das angebissene Teilchen zurück in die Tüte, leckt sich die Zuckerstreusel von den Fingern und greift nach dem Gerät. »Pronto.« Mit einer geschmeidigen Bewegung springt er auf und läuft mit dem Handy am Ohr hin und her.

Ich esse mein Teilchen auf und blicke mich dabei um. Einige Menschen sind weiter oben in der Gasse unterwegs, ansonsten schlendern nur zwei Touristen Arm in Arm umher. Mehr ist zurzeit nicht los. Also erhebe ich mich ebenfalls und gehe um die Hausecke, um zum Marktplatz zu schauen. So kann ich zumindest von hier aus einen Teil des Gebäudes mit den Rundbögen betrachten.

Kurz vor dem Touristenpaar hastet ein blonder Mann über das Kopfsteinpflaster die Gasse hinunter. Er muss sich verlaufen und wieder umgedreht haben, denn an uns ist er nicht vorbeigekommen. Jetzt biegt er auf den Platz ein und bietet mir einen Moment lang seine Seitenansicht, die mich stutzen lässt, und schon ist er verschwunden.

Der Mann hat ausgesehen wie Horst. Oder habe ich mir das nur eingebildet? Aber warum sollte ich mir das einbilden? Warum sollte ich ausgerechnet an ihn denken? Ich bin doch froh, ihn nur noch selten zu sehen.

Das muss ich überprüfen.

Rasch laufe ich an dem Pärchen vorbei bis hinunter zum Marktplatz, wo ich stehenbleibe und mich umblicke. Hier ist wesentlich mehr los als oben beim Bäcker.

Viele Menschen bummeln umher, nur wenige eilen ge-
schäftig über den Platz.

Keiner von ihnen ist das Horst-Phantom. Von dem ist
weit und breit nichts zu sehen. Ob ich die anderen Gassen absuchen soll?

»Nicole!« Jans Stimme ertönt hinter mir, noch bevor
ich mich entscheiden kann. Mit schnellen Schritten
und Sila an der Leine neben sich kommt er auf mich zu.
Er wirkt sehr ernst. »Wir müssen los!«

Firmengrundstück

»Ist etwas passiert?«, frage ich besorgt.

»Das erzähle ich dir unterwegs.«

Schon eilt Jan los über den Marktplatz und hinein in die nächste Seitengasse. Sila springt neben ihm her und ich habe wiederum Mühe, den beiden gesittet zu folgen. Bei dem Tempo und auch noch leicht bergauf dauert es nicht lang und ich bin außer Atem. Dieses Mal also kein Sightseeing wie auf dem Hinweg.

Sobald wir alle drei im Wagen sitzen, fährt Jan los. Ich bin noch nicht einmal angeschnallt.

»Was ist denn passiert?« Ich ringe nach Luft und lasse meine Tasche einfach in den Fußraum plumpsen, die Bäckertüten behalte ich auf dem Schoß.

Verkniffen schaut Jan auf die Straße. Ich hoffe, dass er sich vor lauter Ärger auch darauf konzentriert, so wie er hier herumrast. Definitiv ist er zu schnell im Ort unterwegs.

Erst als wir nur noch vereinzelte Häuser passieren, atmet Jan tief durch. »Der Anruf war von meinem Anwalt. Er braucht einige Informationen von mir, deswegen muss ich zum Büro.«

»Samstagabends?«

»Was wundert dich daran? Elena arbeitet doch auch Tag und Nacht. Ich kann nur froh drum sein und werde es nicht in Frage stellen, wenn er etwas für mich tun will.«

»Da hast du natürlich recht. Um was geht es denn?« Die Frage ist schneller über meine Lippen, als ich nachdenken kann. Da Jan bisher eher sparsam mit den Einblicken in sein Leben ist, sollte ich vielleicht gleich einen Rückzieher machen, dann tut die Abfuhr nicht so weh. »Das heißt, falls du es mir erzählen magst.«

Jan wirft mir einen kurzen Seitenblick zu. »In letzter Zeit gab es ein paar Einbrüche in der Gegend. In Ferienhäuser, die von mir betreut werden. Meine Kunden sind natürlich wenig begeistert, dass ich nicht für die Sicherheit ihrer Objekte sorgen kann. Einer von ihnen will mich verklagen.« Ich keuche auf, aber Jan spricht einfach weiter. »Bevor wir uns gestern getroffen haben, hatte ich ein unangenehmes Gespräch mit ihm, in dem er mir damit gedroht hat. Nun hat er Ernst gemacht, wie mein Anwalt mir eben mitgeteilt hat.«

»Oh! Das tut mir leid.« Damit ist auch seine Stimmung von gestern erklärt. Erst droht ihm sein Kunde, dann unser Unfall und anschließend drohe ich ihm auch noch, ihn ebenfalls zu verklagen. Aber etwas lässt mich stutzen. »Die Einbrüche waren nur in Ferienhäuser von dir?«

»Ja, leider.« Es ist mehr ein Knurren, mit dem Jan mir antwortet, und ich sehe deutlich, wie er seine Kiefer aufeinander reibt und tief durchatmet. »Das ist eine Katastrophe! Wenn das so weitergeht, springen mir meine Kunden reihenweise ab. Die Einbrecher scheinen genau zu wissen, wo sie suchen müssen, und nehmen sich nur die Häuser von den reichsten Leuten vor.« Die Lippen presst er fest aufeinander.

»Elenas ist doch auch eins von deinen. Denkst du, dass vielleicht auch bei ihr eingebrochen wurde?«

Jan dreht ruckartig den Kopf zu mir und sieht mich groß an, was meinen Puls in die Höhe schnellen lässt. Panisch deute ich auf den Kleinlaster, der uns auf der schmalen Straße entgegenkommt.

»Guck nach vorn!« Krampfhaft halte ich mich am Türgriff fest und packe mit der anderen Hand nach Sila, die neben mir sitzt und die Bäckertüten fixiert.

Gerade noch rechtzeitig wendet sich Jan wieder der Straße zu, weicht etwas zur Seite aus und führt uns sicher am Gegenverkehr vorbei. Erleichtert atme ich durch.

»Auf die Idee bin ich noch gar nicht gekommen.« Jan nimmt damit das Gespräch einfach wieder auf, als wäre er nicht eben auf dem besten Weg gewesen, uns umzubringen. »Aber jetzt, wo du es sagst. Wie unordentlich war es denn wirklich bei deiner Ankunft? Mehr schlampig oder eher durchwühlt?«

»Ich bin nicht sicher. Beides? Du hast es doch auch gesehen.«

»Darauf habe ich nicht geachtet.« Nachdenklich schüttelt er den Kopf. »Wenn die Polizei nichts festgestellt hat ... Obwohl, bei den anderen Häusern gab es auch keine offensichtlichen Einbruchsspuren.«

»Also keine aufgebrochenen Türen und eingeschlagene Fenster?«, frage ich verwirrt und Jan stimmt mir mit einem Nicken zu. »Wie wurde es denn festgestellt?«

»Vor Ort war nie jemand. Zweimal wurde es nach Ankunft der Eigentümer festgestellt und einmal hat es Enrico bei einer Kontrolle bemerkt.«

»Enrico?«

»Einer meiner Mitarbeiter«, erklärt Jan. »Auf jeden Fall wurde noch niemand gefasst. Die Carabinieri scheinen noch nicht einmal einen Verdacht zu haben.«

»Verstehe«, murmle ich und gehe in Gedanken die neuen Informationen durch. »Wenn bei Elena auch eingebrochen wurde, hätte mir das denn nicht trotzdem auffallen müssen? Außerdem ist das kein Grund, dass sie verschwunden ist.« Ich stocke einen Moment, bevor ich doch weiterspreche. »Oder meinst du, sie wurde etwa entführt?«

»Wir wollen ja nicht gleich vom Schlimmsten ausgehen. Vielleicht hat Elena den Einbrecher überrascht, der ist weggelaufen und sie hinterher. Das würde ich ihr sogar zutrauen.«

»Ich auch. Aber was dann?«

»Ja, keine Ahnung! Wir können doch nur mutmaßen.«

»Und was mache ich jetzt? Wir können schlecht noch einmal die Polizei rufen, nachdem sie schon gesagt haben, dass sie nichts feststellen konnten. Oder?«

»Nein, das hat keinen Zweck. Ich bringe dich erst einmal nach Hause und kümmere mich um meine eigene Katastrophe. In der Zeit kannst du überprüfen, ob dir noch etwas auffällt, und wir reden später wieder.«

Mein Herzschlag beschleunigt sich. »Ähm ... Können wir das vielleicht zusammen machen? Es ist mir ein bisschen unheimlich, mehr noch als vorher schon, falls dort wirklich eingebrochen wurde.«

»Ich muss zum ...«

»Ja, ich weiß. Ich kann doch mitfahren, oder? Ich störe dich auch nicht«, verspreche ich schnell, denn ich möchte wirklich nicht allein zurück in das Ferienhaus.

Zu meiner Erleichterung nickt Jan.

Eine Viertelstunde später fahren wir wieder durch Pella, biegen nicht in die Straße nach Hause ein, sondern auf einen Waldweg oberhalb des Ortes, der zu einem umzäunten Grundstück führt. Das ist unser Ziel, wie ich an Jans Firmenlogo an dem breiten Tor erkenne. Mit einer Fernbedienung am Schlüsselbund öffnet er es und fährt auf das weitläufige Gelände.

Im Schatten eines Baumes parkt er den Wagen direkt vor der größten Hütte, einem flachen Holzgebäude mit dunkelbraunen Dachschindeln, das nahtlos in die Umgebung passt. »Wir sind da. Mein Firmengrundstück mit Büroraum und Lagerflächen.«

»Das ist gar nicht so weit von dir zu Hause weg oder täusche ich mich? Warum hast du hier extra ein Grundstück?«

»Es ist schon ewig in Familienbesitz und hier ist mehr Platz. Außerdem habe ich zu Hause gern meine Ruhe und nicht ständig meine Mitarbeiter um mich herumspringen.«

»Oh! Ja, das verstehe ich. Wie viele hast du denn? Diesen Enrico und Pietro von heute Morgen?«

»Und noch Gabriel. Aber keine Sorge, sie sind alle im Wochenende. Uns wird hier niemand stören.« Jan schmunzelt. »Wir sind mal wieder ganz allein im Wald.«

»Na prima!«, murmle ich und sehe mich etwas um. Neben dem Gebäude lugt das Heck eines dieser Pritschenwagen hervor, mit dem Pietro heute Morgen unterwegs gewesen ist. »Wie viele Ferienhäuser betreust du eigentlich?«

»Plus, minus sechzig.«

»Wow! Das ist gut, oder?«

Jan nickt und schließt die Eingangstür des Gebäudes auf. »Ich kann zufrieden sein. Natürlich habe ich Glück, dass es sonst keinen Anbieter in der Gegend gibt. Die übrigen Häuser werden privat betreut. Und nicht jeder braucht den Rundumservice.«

»Was meinst du damit?«

»Wir bieten nicht nur Hausbetreuung an, sondern kümmern uns auch um die Grundstücke. Besonders die besser situierten Menschen mögen es, wenn sie im Urlaub keinen Handschlag tun brauchen, alles funktioniert und top gepflegt ist. Dafür zahlen sie auch entsprechend.«

»Das ist sicher viel Arbeit. Deshalb die drei Mitarbeiter.«

»Genau. Sie sind alle Multitalente, Landschaftsgärtner und Hausmeister in einem. Trotzdem muss ich immer häufiger Zeitarbeitskräfte anheuern, da es sonst zu viel ist. Hoffentlich ändert sich das nicht in Kürze.« Er knurrt leicht, hält mir die Tür auf und winkt mich mit einer Armbewegung hinein. »Da wären wir.«

Nach einem Eingangsbereich, der nur als Durchgang dient und von dem noch eine weitere Tür abgeht, trete ich in einen großen Raum mit zwei Schreibtischen, vielen Schränken, vollgestellten Regalen und einer Sitzecke. Bevor ich mich genauer umsehen kann, klingelt mein Handy. Ich fische es aus der Tasche und blicke auf das strahlende Gesicht meiner Tochter.

»Entschuldige. Da muss ich rangehen.« Mit einem leichten Lächeln zu Jan kehre ich auf dem Absatz um und verlasse wieder das Gebäude, um ihn nicht bei der Arbeit zu stören. Im Hinausgehen nehme ich das Gespräch an. »Hallo Kyra-Liebes! Schön, dass du anrufst.«

Die Tür fällt hinter mir ins Schloss und ich stehe wieder auf dem Hof des Betriebes. Suchend schaue ich mich um. Eindeutig fehlt eine Sitzbank vor dem Eingang.

Also laufe ich während des Telefonats ein wenig umher und erkunde das Firmengelände. Es gibt ein paar Schuppen, einer steht halb offen und ich erkenne einen Rasenmähtrecker und noch andere Maschinen. Ein Bereich scheint zur Lagerung von verschiedenen Materialien vorgesehen zu sein. Die Fläche direkt neben dem Hauptgebäude dient als Parkplatz. Hier stehen zwei Pritschenwagen, ein kleines blaues und ein silbernes Auto. Umgeben ist das ganze Grundstück von einem massiven Maschendrahtzaun; in Grün, sodass er sich gut in die Umgebung einpasst.

»Die Polizei will wirklich nichts unternehmen?«, fragt Kyra ungläubig, nachdem ich sie auf den neusten Stand bezüglich der Suche nach Elena gebracht habe.

»Nein, sie sind nicht zuständig. Ich soll in München eine Vermisstenanzeige aufgeben. Vor dort aus würde dann Interpol eingeschaltet, wenn ich es richtig verstanden habe.«

»Also kommst du nach Hause?« Kyra hört sich erleichtert an.

Leider werde ich sie enttäuschen müssen. Abgesehen davon, dass ich mein Auto wieder mitnehmen will, werde ich nicht einfach wegfahren, ohne zu wissen, wo Elena steckt und wie es ihr geht. Was sollte ich denn in München tun? Da würde ich mir auch nur Sorgen machen und könnte noch weniger ausrichten. Hier vor Ort habe ich wenigstens die Möglichkeit, nach ihr zu suchen.

»Nein, Liebes, ich komme noch nicht nach Hause. Vielleicht kann ich die Anzeige ja telefonisch aufgeben. Aber über das Thema muss ich mich erst einmal informieren. Vorhin bin ich nicht mehr dazu gekommen, weil Jan mich gleich abgeholt hat. Wir sind jetzt immer noch unterwegs. Ich habe gedacht, dass du dich notfalls um die Anzeige kümmern könntest.«

»Natürlich mache ich das, das weißt du. Aber warum willst du denn bleiben, obwohl Tante Elena nicht da ist? Du bist doch ganz allein da in Italien. Das gefällt mir nicht.«

»Weil ich sie erst finden muss. Außerdem bin ich nicht allein. Jan hilft mir doch. Also mach dir keine Sorgen um mich.«

»Wie du meinst«, sagt Kyra und lacht mit einem Mal auf. »Ist dir etwas aufgefallen, Mama? Ich habe zwar nicht mitgezählt, wie oft du in den letzten zehn Minuten den Namen genannt hast, aber du redest plötzlich ganz anders von diesem Jan als heute Morgen noch.«

»Äh ...« Eine Bewegung am Waldrand lenkt mich ab. Keine Ahnung warum, aber aus einem Reflex heraus ducke ich mich hinter einen der Pritschenwagen.

Ein schlanker Mann tritt aus dem Schatten der Bäume und hält noch vor dem Weg an, den wir eben entlanggefahren sind und der den Wald von Jans Firmengrundstück trennt. Er schaut sich in alle Richtungen um und ist dabei ebenfalls am Telefonieren, ein aufgeregtes Zischen ist bis hierher zu hören. Sein Blick bleibt einen Moment an Jans Pick-up hängen, das Handy steckt er in die Tasche und marschiert mit schnellen Schritten durch das offenstehende Tor aufs Grundstück. Er läuft direkt auf mich zu und jetzt erkenne ich ihn auch: Es ist Pietro.

»Mama? Ist er doch nicht so furchtbar?«, fragt Kyra noch immer lachend.

»Nein, ist er nicht«, flüstere ich. »Entschuldige, Liebes, ich muss aufhören. Ich melde mich später noch einmal.«

Mein Herz rast. Ob Pietro mich gesehen hat? Wie soll ich denn erklären, dass ich mich hier vor ihm verstecke? Ich weiß doch selbst nicht, warum. Aber seinem Verhalten nach zu urteilen, will er auch nicht gesehen werden. Also lasse ich mich besser nicht von ihm erwischen und ziehe noch mehr den Kopf ein.

Ich habe Glück und Pietro hält auf den blauen Wagen zu. Er setzt sich hinein, schließt geräuschlos die Tür und startet den Motor. Unverzüglich fährt er los, hinunter vom Grundstück und nach rechts den Waldweg entlang in Richtung Pella.

Sobald er außer Sicht ist, atme ich erleichtert durch und laufe schnell ins Büro zu Jan.

Entspann dich

»Wir sollten die Krankenhäuser in der Umgebung anrufen«, schlage ich Jan auf dem Rückweg zum Ferienhaus vor. »Vielleicht hatte Elena einen Unfall, kann sich an nichts mehr erinnern und hat keine Unterlagen bei sich, womit sie identifiziert werden kann. So etwas soll es doch geben. Eine Amnesie. Oder sie wurde bewusstlos eingeliefert. Oder ...«

»Du musst mich gar nicht weiter überzeugen«, unterbricht Jan meine grausigen Überlegungen. »Du hast recht, das machen wir.« Er lacht, was ich etwas unpassend finde bei dem Thema. »Oder das mache ich. Ich nehme an, du traust dich nicht?«

Ich beiße die Zähne aufeinander und will eigentlich nichts dazu sagen, blicke ihn aber doch verärgert an. »Musst du mich immer aufziehen?«

»Eigentlich nicht, es macht aber Spaß«, sagt er wie aus der Pistole geschossen und zuckt mit den Schultern. Immerhin ist er etwas lockerer und nicht mehr so grimmig wie gestern, und das, obwohl er vorhin diese unerfreuliche Nachricht erhalten hat und mehr als angespannt gewesen ist. Vielleicht darf ich seine Sprüche einfach nicht so persönlich nehmen.

»Dann sollte ich dir nicht anbieten, in der Zeit etwas für uns zu kochen!«

»Hmm ... Bei deinem Ordnungsfimmel könnte ich mir vorstellen, dass du auch etwas einigermaßen Schmackhaftes zustande bringst. Also okay, dafür würde ich mal kurz damit aufhören.«

»Pff!« Ich drehe mich von ihm weg und schaue demonstrativ aus dem Fenster, aber insgesamt stimmt mich diese Entwicklung doch zufrieden.

Jan fährt an seinem Grundstück vorbei und biegt ab in eine Garage an dessen anderem Ende. Sie ist mit rankenden Pflanzen bewachsen und fügt sich optisch gut in die Umgebung ein, so dass sie mir bisher nicht aufgefallen ist. Noch interessanter finde ich allerdings das Motorrad, das hier ebenfalls geparkt ist. Keine Straßenmaschine, sondern eine silbern-schwarz lackierte Chopper, wie sie mir in etwas kleiner auch gefallen würde.

Ich gehe darauf zu, um sie mir genauer anzuschauen.

»Sag bloß, du fährst?« Jan steht plötzlich neben mir und betrachtet mich, seine Stimme hört sich überrascht an.

»Ja, aber leider schon lang nicht mehr. Ich habe keine eigene Maschine.«

»Tröste dich. Ich habe auch nicht oft Gelegenheit dazu, da ich Sila nur ungern länger allein lasse.«

»Wenn wir Elena wiederhaben, könnte ich ja einen Tag auf sie aufpassen.« Das Angebot kommt wie von selbst über meine Lippen. »So als Dankeschön für deine Hilfe«, füge ich schnell hinzu und wende mich nach einem letzten sehnsüchtigen Blick auf die Chopper ab. »Wollen wir?«

»Klar.« Jan zieht das Garagentor hinter uns zu und sieht mich an. »Zu mir oder zu dir?« Ein amüsiertes Grinsen erscheint auf seinem Gesicht, wahrscheinlich, weil mein Kopf wieder glüht, und er hebt abwartend die Brauen.

»Zu mir!« Es fällt mir alles andere als leicht, aber ich versuche, lässig zu bleiben. »Wir wollten doch überprüfen, ob uns etwas verdächtig vorkommt. Außerdem sollten wir erst einmal nachschauen, ob Elena nicht doch wieder da ist.« Dabei dränge ich das schlechte Gewissen zur Seite, das aufkommen will, weil ich ihn nun zum Essen in ihr Haus eingeladen habe. Was soll ich denn sonst machen? Ohne Nahrung können wir auch nicht nach ihr suchen. Das muss sie verstehen.

Wie erwartet ist das Ferienhaus noch immer verlassen, doch dieses Mal erschlägt mich die Ruhe nicht so sehr. Sila lockert die Stimmung auf, indem sie überall schnüffelnd herumläuft und sich alles genau anschaut.

Ich nutze die Gelegenheit und suche auf schnellstem Weg die Gästetoilette auf.

Als ich den Wohnraum wieder betrete, sitzt Jan mit seinem Smartphone in der Hand auf der großen Couch. Die Terrassentür ist geöffnet und Sila liegt ruhig davor, ihre Inspektion ist wohl beendet.

»Soll ich die Kontaktdaten heraussuchen?«, frage ich und gehe auf Jan zu.

Doch er schüttelt den Kopf, nimmt das Handy hoch und hält es sich ans Ohr. »Ich bin schon dabei«, flüstert er mir zu, wendet den Blick ab und redet laut ins Gerät.

Eine Weile bleibe ich unschlüssig neben ihm stehen, während er telefoniert. Irgendwann sieht er fragend zu mir und macht mit der Hand Zeichen, als würde er essen.

Okay, wenn ich ihm nicht helfen kann, sollte ich wohl mein Versprechen einlösen. Bevor es noch peinlicher wird, gehe ich in die Küche. Sila erhebt sich von ihrem Platz und trottet mir hinterher, obwohl ihr Herrchen da ist. Das bringt mich zum Schmunzeln. Der Gedanke, dass es an der Küche liegen könnte, zählt nicht.

Beim erneuten Sichten von Elenas Vorräten muss ich allerdings schlucken. Vielleicht habe ich das Angebot zu unbedacht ausgesprochen, denn nach wie vor sind nicht viele Lebensmittel vorhanden. Es stellt für mich eine Herausforderung dar, denn mit seiner Einschätzung liegt Jan falsch. Kochen ist keine meiner Stärken. Nudeln schaffe ich, ja. Aber kann ich mich da heranwagen?

Ich verstehe zwar nicht, was Jan genau sagt, doch es hört sich wie eine Verabschiedung an. Also schaue ich um die Ecke zu ihm hin. »Und?«

»Nichts. Das war das Krankenhaus in Verbania. Als Nächstes versuche ich es in Omegna.«

»Okay.« Ich nicke. »Sag mal, du bist doch kein Italiener, oder?«

»Wie kommst du denn jetzt darauf?«

Wie beiläufig zucke ich mit den Schultern. »Na ja, du sprichst zwar genauso perfekt Italienisch wie Deutsch, aber dein Name hört sich nicht danach an. Eben eher deutsch.«

Er schmunzelt. »Was für eine Beobachtungsgabe.«

»Du wolltest mich nicht mehr ärgern«, erinnere ich ihn mit bösem Blick und stemme die Hände in die Seiten.

»Stimmt.« Trotz des Eingeständnisses verschwinden die Grübchen neben seinen Mundwinkeln nicht. »Meine Mutter ist Italienerin und stammt aus der Gegend hier. Mein Vater ist Deutscher. Beantwortet das deine Frage ausreichend?«

»Ja, fürs Erste. Danke. Mach weiter.«

Jan lacht. »Danke für die Genehmigung. Du auch.«

Frustriert gehe ich zurück in die Küche. Also keine Nudeln. Ich wage es nicht, die einem halben Italiener vorzusetzen. Da kann ich nur alles falsch machen. Es muss etwas anderes geben. Nur was?

Die fehlende Begabung beim Kochen ist etwas, was ich mit Elena gemeinsam habe. Das bringt mich auf eine Idee, denn meine Freundin liebt dennoch gutes Essen.

Ich öffne das Kühlfach und untersuche den Inhalt. Tatsächlich liegen hier drei Fertiggerichte. Einzeln verpackt, leicht zuzubereiten. Ich müsste sie nur erwärmen. Ob ich das tun kann?

»Hier riecht es ja immer noch nicht nach Essen.«

Jans Stimme dicht hinter mir schreckt mich derart zusammen, dass ich einen kleinen Satz in die Luft mache und die Kühlfachtür zuknalle.

»Ich habe mich noch nicht entschieden, was es geben soll.« Mit rasendem Herzen drehe ich mich zu ihm herum und starre nun direkt auf seine Brust. Die oberen Knöpfe seines Hemdes sind geöffnet. Der Blick auf die gebräunte Haut darunter ruft die Erinnerung in mir wach, wie er gestern halbnackt vor mir gestanden hat. Diese Muskeln. Ich atme tief durch und zwinge mich, hoch in seine Augen zu schauen. Aus welchem Grund genau rast mein Herz jetzt? Da ich mich erwischt fühle oder wegen seiner plötzlichen Nähe?

»Soll ich dir helfen?«

»Bist du denn schon fertig mit Telefonieren?«

»Besetzt. Ich versuche es gleich wieder.« Fragend zieht er die Brauen in die Höhe. »Also?«

Ich bin mir nicht sicher, wie sehr mir sein Angebot hilft. Wenn wir gemeinsam kochen, wird er sofort feststellen, wie ungeschickt ich bin. Wahrscheinlich schneide ich mir dann auch noch in die Finger vor Aufregung. »Beim Kochen oder beim Auswählen?«

»Ich denke beides, wenn ich mir das hier so anschaue.« Er greift an mir vorbei zum Kühlfach, öffnet es wieder und holt eine der Packungen heraus. »Wäre das deine Wahl? Ein typisches Essen für gestresste Städter?«

»Ich habe das doch nicht eingekauft«, verteidige ich mich schnell und spüre schon wieder die Hitze in mir aufsteigen. »Ich muss nur nutzen, was es hier gibt.«

Jan nickt. »Stimmt. Hier unten liegt übrigens auch noch etwas, worin nicht so viele Konservierungsstoffe verarbeitet sind. Frische Zutaten, die nicht mehr lang frisch sind, wenn sie nicht bald verbraucht werden. Wäre schade drum, oder?«

»Ja«, presse ich verkniffen hervor.

Die Grübchen neben Jans Mundwinkeln vertiefen sich. Er greift mit beiden Händen nach meinen Schultern und schiebt mich vom Kühlfach weg in Richtung der Küchentheke. »Weißt du was, Nicole? Du gehst jetzt nach oben und nimmst ein schönes ausgiebiges Bad. Entspann dich etwas. Und in einer Stunde kommst du wieder runter und wir essen gemeinsam. Wie hört sich das für dich an?«

»Du willst allein kochen? Für mich? In Elenas Küche? Und was mache ich?«

»Entspannen, das sag ich doch. Du scheinst es nötig zu haben.«

»Ja, aber …« Mir fehlen die Worte für einen Widerspruch. Und wenn ich darüber nachdenke, wer schlägt schon so ein Angebot aus? Aber ich fühle mich nicht gut dabei, mich bedienen zu lassen und selbst nichts zu tun. Außerdem stört mich noch etwas anderes. Böse sehe ich Jan an. »Es kann doch nicht sein, dass du alles kannst!«

Augenblicklich erscheint sein amüsiertes Grinsen. »Nimm es hin – und geh!« Wieder packt er meine Schultern und schiebt mich tatsächlich aus der Küche hinaus.

***

So toll das Bad auch ist, entspannen klappt nicht. Das hier hat nichts mehr mit der Suche nach Elena zu tun. Wenn ich mit Jan gemeinsam Nachforschungen anstelle, um sie zu finden, und wir dabei zusammen etwas essen, ist das in Ordnung. Das kann ich mit meinem Gewissen vereinbaren. Aber dass ich es mir in ihrer Badewanne bequem mache, Jan unten in ihrer Küche steht und für mich kocht, das ist etwas ganz anderes.

Zusätzlich ist es mir ein Rätsel, warum er das tut. Ich verstehe den Mann einfach nicht. Auf der einen Seite ist er so unmöglich, wie ich ihn kennengelernt habe. Unhöflich, dreist und ohne Anstand. Auf der anderen

Seite scheint er ein lustiger Mensch zu sein, der viel lacht. Okay, besonders gern auf meine Kosten. Und dann wiederum ist er einfach nett, zuvorkommend und sogar mitfühlend. Das soll mal einer alles verstehen und zusammenbringen. Ich zumindest bin damit überfordert.

Mein Blick wandert zur Badezimmertür. Zu Jans fehlendem Anstand würde beispielsweise passen, dass er jeden Moment hier hereinplatzt und wenn auch nur unter dem Vorwand, dass das Essen fertig ist. Kurz gebe ich mich der Fantasie hin, was dann alles passieren könnte.

Aber die Tür ist zugesperrt.

Genervt tauche ich unter, wasche mir den Schaum aus den Haaren und steige aus der Wanne. Das sind jetzt keine zwanzig Minuten gewesen, aber das reicht. Mehr kann er nicht von mir erwarten.

Noch einmal zehn Minuten später betrete ich den Wohnbereich, in dem es tatsächlich herrlich duftet. Jan hantiert in der Küche herum, genaustens beobachtet von Sila, die vor dem bodentiefen Fenster liegt und mich nur kurz anschaut. Dafür bewegt sie nicht einmal den Kopf, lediglich ihre Augen wandern zu mir und schnell wieder zurück zu Jan. Neben ihr steht eine kleine Schüssel mit Wasser.

Ich setze mich an die Küchentheke und tue es dem Hund gleich.

»War ja klar, dass du schon wieder auftauchst.« Jan unterbricht das Tomatenschnippeln, blickt auf und mustert mich in meinem sorgfältig ausgewählten

Kleid. Es ist kurz, eng anliegend und steht mir ausgesprochen gut, wie ich finde. Auf seinem Gesicht bildet sich ein Lächeln, bevor er mit der Arbeit fortfährt.

Ein Gefühl der Genugtuung erfasst mich und lässt mich mutiger werden. »Ich hätte gern gewusst, warum du plötzlich so nett zu mir bist.«

Er zuckt mit den Schultern. »Eigennutz.«

»Irgendwie glaube ich dir das nicht.«

Wieder hält Jan inne, stützt sich mit beiden Händen auf der Arbeitsplatte ab und grinst mich an. »Und wenn ich dir sage, dass ich eigentlich immer ganz nett bin, wirst du mir das wahrscheinlich auch nicht glauben.«

»Nein. Da gibt es einige Anzeichen, die dagegen sprechen.«

»Na, siehst du.« Er greift nach dem Schneidebrett und geht damit zum Herd. Von einem Topf nimmt er den Deckel ab und schiebt die Tomatenstückchen hinein. »Also bleiben wir dabei, dass ich es mag, wenn mir mein Essen schmeckt und die Gesellschaft entspannt ist.«

Das nehme ich jetzt einfach so hin und spreche nicht an, dass es gar nicht nötig wäre, sich weiter mit meiner Gesellschaft abzugeben. »Wie du meinst. Hast du die Krankenhäuser erreicht?«

»Ja, alle in der Umgebung. In keinem wurde Elena oder eine nicht-identifizierte Person eingeliefert. Dafür haben sie mir gesagt, dass sie in so einem Fall sofort die Behörden informieren würden.« Verbissen sieht er mich an. »Tut mir leid. Auch eine Sackgasse.«

Eine Grimasse kann ich nicht unterdrücken. »Ich bin nicht sicher, ob ich froh oder enttäuscht darüber sein soll.«

Jan nickt. »Wir sollten weiter herumfragen.«

»Und der Spur von Marco folgen«, ergänze ich.

»Du willst auf den Berg wandern? Die Chancen, dort etwas zu finden, sind recht gering, das sollte dir klar sein.« Die Skepsis ist ihm deutlich anzusehen.

»Immerhin ist es eine echte Spur, weil sie dorthin wollte. Und auch wenn sie Marco verpasst haben sollte, was gut möglich ist, da er nur eine halbe Stunde gewartet hat: Wenn Elena sich etwas vornimmt, zieht sie das durch. Womöglich ist sie allein gegangen. Außerdem weiß ich nicht, was ich von ihm halten soll.«

»Ob das daran liegt, dass er nicht mit dir sprechen wollte?« Jan sieht mich schief an und grinst. »So eine Frechheit aber auch.«

»Ja, mag sein. Das hat mich geärgert. Trotzdem sollten wir nichts unversucht lassen.«

»In Ordnung, dann unternehmen wir morgen einen Wanderausflug. Mir ist das nur recht, das mache ich an Wochenenden sowieso oft. Jacke und feste Schuhe nicht vergessen.«

Ein Pfeifen hält mich von der Antwort ab. Schnell zeige ich auf einen der Töpfe, dessen Deckel bereits hüpft. »Da kocht gleich etwas über.«

»Mist!« Jan zieht ihn von der Platte und dreht sie runter. Den Deckel legt er vorsichtig zur Seite und rührt den Inhalt des Topfes um. »Wer ist eigentlich Kyra?«

Mit der Frage habe ich nicht gerechnet. Erstaunt sehe ich ihn an und überlege krampfhaft, wann ich ihm gegenüber ihren Namen erwähnt habe. »Woher ...«

Er schaut kurz über die Schulter zu mir. »Dein Telefonat vorhin.«

»Ach so.« Innerlich verdrehe ich die Augen über mich selbst. »Kyra ist meine Tochter. Sie ...«

»Du hast ein Kind?«, unterbricht Jan mich und wendet sich mir dieses Mal ganz zu.

»Ja. Ist das so überraschend?«

Langsam schüttelt er den Kopf. »Nein, eigentlich gar nicht. Das passt zu dir. Ich hatte nur nicht damit gerechnet, weil du allein hier bist.«

»Na ja, ein richtiges Kind ist sie auch nicht mehr. Kyra ist schon neunzehn. Sie hat gerade ihr Abitur hinter sich und ist mehr mit Feiern beschäftigt, als mit ihrer Mutter in den Urlaub zu fahren. Im Herbst fängt sie ihr Studium an und zieht bald in ihre erste eigene Wohnung, in eine WG. Eine aufregende Zeit für sie.«

»Das glaube ich.« Jan nickt und hantiert wieder mit dem Essen herum. »Was ist mit dem Vater?«

Warum nur ist mir dieses Thema nach all den Jahren noch immer so unangenehm? Als ob es ein Fehler von mir ist und ich dadurch ein schlechterer Mensch bin. Ich versuche, es mir nicht anmerken zu lassen. »Nichts weiter. Der hat uns sitzenlassen, da war Kyra noch nicht einmal zwei.«

Jan schaut kurz auf. »Und was kam nach ihm?«

»Ähm ...« Schockiert wiederhole ich in Gedanken seine Worte. Fragt er mich wirklich nach meinen Liebesbeziehungen? »Nicht viel. Ich meine, nichts Ernsthaftes. Also nichts von Dauer.« Meine Güte, was rede ich da nur! Prüde, Flittchen oder sprunghaft; eine Antwort ist schlimmer als die nächste. Dabei trifft das alles nicht auf mich zu.

»Warum nicht?«, fragt Jan und bewahrt mich so davor, noch weitere peinliche Antwortversuche von mir zu geben.

»Als Alleinerziehende hatte ich keine Zeit für so etwas. Außerdem war nicht der Richtige dabei.«

»Wie muss denn der Richtige sein?«

Grimmig sehe ich ihn an und atme tief durch, um mich zu beruhigen und ihn nicht allzu sehr anzuschnauzen. »Meinst du nicht, dass deine Fragen ein bisschen weit gehen?«

»Ich wollte nur mal austesten, wie es ist, du zu sein und ständig Fragen zu stellen.« In aller Ruhe positioniert er sich vor mir auf der anderen Seite der Küchentheke und lächelt mich übertrieben freundlich an. Das lässt die Wut in mir noch mehr aufbrodeln; hoffentlich schießen Blitze aus meinen Augen.

Jan lacht auf. »Es war nur ein Scherz. Tut mir leid, ich konnte es nicht bleiben lassen. – Aber interessiert hat es mich tatsächlich.«

Keine Ahnung, wie er das macht. Dieser kleine Satz allein reicht schon, um mich zu besänftigen. Jetzt ärgere ich mich nur noch über mich selbst.

Jan geht zum Kühlschrank und sieht hinein, anschließend öffnet er den Schrank mit den Lebensmittelvorräten. »Parmesan fehlt. Ich hole schnell welchen von zu Hause.«

»Das ist doch nicht nötig.«

»Oh doch, der gehört dazu. Und eine Flasche Wein, dann brauchen wir nicht Elenas Vorrat plündern. Dauert nicht lang.« Jan marschiert schon los, natürlich gefolgt von Sila, blickt aber noch einmal über die Schulter zurück. »Du kannst in der Zeit den Tisch decken und pass auf, dass in der Pfanne nichts anbrennt. Einfach rütteln, wenn nötig. Du hast ja eben gesehen, wie.«

»Okay«, rufe ich ihm hinterher und gehe um die Theke herum zum Herd, um es direkt auszutesten. Rütteln kriege ich hin.

Als Nächstes wende ich mich dem Geschirrschrank zu, als die Haustür ins Schloss fällt. Aus einem mir unerklärlichen Impuls heraus ändere ich meine Richtung und trete zunächst ans Küchenfenster, um Jan zu beobachten. Er läuft mit Sila durch den Vorgarten in Richtung des Carports und ich kann es immer noch nicht abstreiten, er bietet wirklich einen äußerst attraktiven Anblick. Nicht nur die breiten Schultern und der knackige Hintern, auf den ich nun den besten Ausblick genieße, haben es mir angetan. Auch seine geschmeidigen Bewegungen, lässig und doch kraftvoll, und die Art, wie er sich durch seine wuscheligen Haare fährt. Oder dieses amüsierte Grinsen, mit dem er mir ständig die Röte ins Gesicht treibt – wie genau in diesem Moment, als er sich umdreht.

Mir bleibt fast das Herz stehen, da er direkt in meine Augen schaut. Fast als wenn er geahnt hätte, dass ich ihn beobachte. Er zwinkert mir zu und setzt seinen Weg fort.

Mit glühendem Kopf will ich mich abwenden, um die Teller und das Besteck aus dem Küchenschrank zu holen, aber eine Bewegung auf der Straße lässt mich erneut innehalten.

Ein graues Auto gefolgt von einer Polizeistreife fährt an Elenas Einfahrt vorbei. Wo wollen die hin? Laut Jan gibt es hier doch fast nichts weiter.

Alarmiert laufe ich zur Haustür und blicke hinaus. Jan ist bereits hinter dem Carport verschwunden, zu hören ist auch nichts. Also flitze ich wieder zurück zur Garderobe, schnappe mir den Ersatzschlüssel des Ferienhauses aus meiner Handtasche und renne hinter Jan her.

Auf der Rückseite des Carports liegt versteckt inmitten der Büsche ein Durchgang, der mich zu einem kleinen offenstehenden Gartentor und weiter auf das Nachbargrundstück führt. Kaum trete ich zwischen den Stauden hervor und erhalte freie Sicht auf das Holzhaus und die kleine Gruppe Menschen vor der Veranda, bleibe ich wie angewurzelt stehen.

Entsetzt beobachte ich, wie zwei Männer Jan die Arme auf den Rücken drehen und ihm Handschellen anlegen. Dabei reden sie unablässig auf ihn ein. Seitlich stehen zwei Polizisten, einer ganz in meiner Nähe. Offensichtlich sollen die beiden einen möglichen Fluchtversuch vereiteln.

Sila bellt. Der Krach lässt mich zur Besinnung kommen. Mit rasendem Herzen gehe ich weiter auf die Gruppe zu, doch der Polizist auf meiner Seite stellt sich mir in den Weg. Keine Ahnung, was er sagt. Mein Blick ist auf Jan fixiert, der weiterhin am Oberarm festgehalten wird und nun seinerseits auf die Männer einredet. Mit dem Kopf nickt er zu Sila hin.

»Jan!«, rufe ich, um seine Aufmerksamkeit zu erlangen. »Was ist hier los?«

Tatsächlich sieht er in meine Richtung und wirkt erleichtert, dennoch fehlt seinem Gesicht jegliche Farbe. »Nicole! Komm bitte her.«

Dem Blick des Polizisten vor mir weiche ich aus und gehe einfach um ihn herum. Dieses Mal lässt er mich gewähren, folgt mir jedoch mit einem Meter Abstand. Kurz bevor ich Jan erreiche, brüllt er einen knappen Befehl, den ich zwar nicht verstehe, der mich aber erneut anhalten lässt.

»Wirst du verhaftet? Warum?«

Jan schließt die Augen und sieht mich dann direkt an. »Es gab einen weiteren Einbruch – mit einem Toten. Gabriel! Ich stehe unter Mordverdacht. Aber bitte glaub mir, ich war das nicht. Es wird sich alles aufklären.« Er schluckt deutlich sichtbar. »Nicole, du musst auf Sila aufpassen! Versprich es mir.«

Entsetzt starre ich ihn an.

»Bitte, Nicole! Pass auf Sila auf«, fleht Jan regelrecht, während ihn die zivilen Beamten bereits abführen, durch seinen Vorgarten und auf das Gartentor zu. Die beiden Polizisten folgen ihnen.

Schnell laufe ich hinter Sila her, die bellend um die Männer herumspringt und greife nach ihrem Halsband. »Natürlich, ich kümmere mich um sie. Mach dir keine Sorgen«, rufe ich Jan zu.

Kaum auf der Straße angekommen, wird er auf den Rücksitz des geparkten grauen Wagens verfrachtet. Sobald er sitzt, wirft er mir einen letzten Blick zu, den einer der Beamten unterbricht, indem er die Tür mit der getönten Scheibe schließt. Die Motoren starten und die beiden Fahrzeuge setzen sich in Bewegung. Sie drehen und fahren mit Jan davon.

Angebrannt

Fassungslos blicke ich auf die Stelle, an der die Bäume am Straßenrand mir die Sicht auf die beiden Wagen genommen haben, deren Motorengeräusche in der Ferne verklingen. Die Sicht auf den Wagen genommen haben, in dem Jan sitzt, mit auf dem Rücken fixierten Händen.

Was ist hier eben geschehen? Verdächtigt die Polizei ihn tatsächlich eines Mordes?

Unschlüssig bleibe ich stehen und warte, aber die Wagen kommen nicht zurück. Niemand lacht und erklärt das alles für einen üblen Scherz. Nein, es ist tatsächlich passiert: Jan ist verhaftet worden. Jetzt bräuchten wir Elena; die hätte ihn im Nu wieder auf freien Füßen.

Immer mal wieder bellt Sila und zieht am Halsband nach vorn. Sie scheint den Wagen und ihrem Herrchen folgen zu wollen und ich habe Mühe, sie festzuhalten.

»Ruhig, Sila, ruhig. Bleib bei mir.« Ich rede einfach auf sie ein, ohne wirklich zu wissen, was ich sage, und führe sie in gebückter Haltung zurück auf Elenas Grundstück. Eine Leine wäre jetzt praktisch. Zum Glück ist der Weg zum Ferienhaus nicht allzu weit.

Umständlich öffne ich mit einer Hand die Haustür und schicke Sila hinein. Sie läuft los, wahrscheinlich nun hier auf der Suche nach Jan. Ich blicke mich noch einmal um, trete ebenfalls ein und schließe schnell die Tür. Es ist fast dunkel draußen und das Wissen um all die Geschehnisse lässt die Umgebung nicht weniger unheimlich wirken als gestern Abend schon.

Auf dem Weg in den Wohnbereich schlägt mir der Geruch von angebranntem Essen entgegen. Meine Güte, das habe ich total vergessen! Erschrocken renne ich in die Küche, in der bereits leichter Rauch unter der Decke hängt. Nach einem kurzen Rundumblick stürze ich zum Herd, drehe die Platten ab und ziehe die Pfanne und die beiden Töpfe zur Seite.

Dann laufe ich zum Fenster, um es zu öffnen. Es muss unbedingt frische Luft herein. In der ganzen unteren Etage kippe ich eine Scheibe nach der anderen. Hoffentlich reicht das aus, um Durchzug zu verursachen. Ich wage es nicht, sie vollständig zu öffnen. Abgesehen davon, dass Sila dadurch hinausflüchten könnte, würde es den Einbrechern, die in der Gegend ihr Unwesen treiben, die perfekte Gelegenheit bieten, hier einzudringen. Außerdem läuft irgendwo auch noch ein Mörder frei herum, denn ich bin davon überzeugt, dass die Polizei sich irrt und Jan zu Unrecht verhaftet hat.

Mich schaudert es und ich schluchze auf bei dem Gedanken. Aber ich darf mich da nicht hineinsteigern. Ich muss mich beruhigen.

Wie ferngesteuert gehe ich zurück in die Küche, um Ordnung zu schaffen. Ein Blick in die Töpfe und die Pfanne sagt mir alles: verkocht und verbrannt. Nur ein kleiner Teil scheint noch genießbar zu sein; den räume ich weg und entsorge den Rest. Wirklich schade darum, gerade da sich Jan solch eine Mühe damit gegeben hat. Aber ich würde sowieso keinen Bissen hinunterbekommen.

Während des Abwaschs schweifen meine Gedanken doch wieder ab.

Ich bin allein in dem Ferienhaus. Keine Elena, kein Jan. Wenigstens Sila ist bei mir. Wie toll sie das findet, kann ich nicht sagen. Sie liegt auf ihrem Platz vorm Fenster und beobachtet mich. Vermutlich vermisst sie Jan genauso wie ich.

Ja, ich habe das wirklich gedacht. Ich vermisse ihn.

Dieser blöde Käse! Wäre Jan den nicht holen gegangen, hätte er sich hier verstecken können und wäre nicht festgenommen worden. Vielleicht hätte die Polizei sogar bei mir geklingelt und gefragt, ob ich ihn gesehen habe. Und wenn ich dann Nein gesagt hätte, wären sie wieder gegangen und er wäre noch bei mir.

Aber was denke ich da nur? Es handelt sich schließlich um Mordermittlungen.

Obwohl ich Gabriel nicht kennengelernt habe, tut es mir unendlich leid um ihn. Wie konnte das nur passieren? Warum ist er umgebracht worden? Und wie kommt die Polizei auf die Idee, dass Jan etwas mit dem Mord an ihm zu tun haben könnte, an seinem eigenen Mitarbeiter? Außerdem bin ich doch die ganze Zeit mit ihm zusammen gewesen. Wann soll er das denn getan haben? Heute Morgen, als er angeblich arbeiten wollte?

Wenn ich nur mehr Informationen hätte. Kurz bin ich versucht, aber von einem Anruf bei der Polizei sehe ich gleich wieder ab; sicher würden sie mir keine Auskunft erteilen.

Bei einem Einbruch soll es passiert sein. Wenn hier in Elenas Ferienhaus ebenfalls eingebrochen wurde, wie wir ja vermuten, und sie nun verschwunden ist … Ich kann den Gedanken kaum zu Ende fassen und doch ist es so klar. In ein Objekt von Jan nach dem anderen wird eingebrochen und immer gibt es keine Anzeichen für ein gewaltsames Eindringen. Das muss bei Elena ebenfalls geschehen sein.

Wenn der Einbrecher in der Vermutung, sie sei nicht vor Ort, durch den Vordereingang hinein ist und die beiden aufeinandergetroffen sind? Vielleicht ist er durch die offene Terrassentür geflüchtet und Elena hinterher, wie Jan überlegt hat. Oder aber … Meine Güte, die verschmierte Dekofigur! Ich habe sie bei meiner Ankunft vom Boden aufgelesen und heute Morgen bei der Putzaktion gesäubert, ebenso wie die dunklen Flecken auf den Fliesen. Ist das Blut gewesen?

Hat der Einbrecher Elena umgebracht? Genau wie Gabriel.

Ich fange an zu zittern und der Kochtopf, den ich in den Schrank räumen wollte, fällt mir aus der Hand. Laut scheppernd rollt er über den Boden. Sila springt auf und flüchtet aus der Küche. Kraftlos blicke ich ihr hinterher.

Was hätte ihr Herrchen von all dem? Was sollte Jan für einen Grund haben, seine Kundin umzubringen? Seinen eigenen Mitarbeiter zu ermorden? Mir fällt keiner ein, aber ich kenne ihn ja auch kaum. Wie soll ich so seine Motive verstehen?

Erschrocken keuche ich auf. Jetzt habe ich ihn in Gedanken schon als schuldig abgestempelt. Dabei weiß ich gar nicht mehr, was ich denken soll, und laufe unruhig hin und her.

Vor meinem inneren Auge erscheint das Bild von Jan bei unserer ersten Begegnung. Was hat er in dem Wald gemacht, so voller Dreck und mit zerrissener Kleidung? Warum macht er ein Geheimnis daraus? Privatsache! Na klar, ein Krimineller wird kaum Hinweise auf seine Verbrechen geben. Und diese seltsamen Kratzer an seinen Armen, die ich später gesehen habe. Was hat es damit auf sich? Ob etwas dran ist an dem Verdacht der Polizei? Ist Jan tatsächlich ein Mörder?

Oh Gott, und ich habe den ganzen Nachmittag und Abend mit ihm verbracht. Allein! Er hat mich ja mehrfach darauf hingewiesen. Vielleicht wollte er mich damit vor sich selbst warnen. Aber die meiste Zeit habe ich mich in seiner Gegenwart nicht mehr unsicher gefühlt. Im Gegenteil, ich habe angefangen, seine Gesellschaft zu genießen.

Auch gestern hat er mir trotz seines unmöglichen Verhaltens mehrfach geholfen. Nach dem Autounfall hat er sofort kontrolliert, ob ich verletzt bin und mich erst angebrüllt und zurückgelassen, als ich sicher auf der Straße gestanden habe. Später hat er mich aus dem See gerettet und noch einmal später mit mir gemeinsam überlegt, was mit Elena sein könnte, und zumindest einen Teil meiner Fragen beantwortet. Verhält sich denn so ein Verbrecher?

Aber vielleicht wollte er auch einfach nur wissen, was ich hier suche und welche Verbindung ich zu Elena habe. Vielleicht wollte er überprüfen, ob ich einen Verdacht gegen ihn hege.

Es ist zum Verrücktwerden. Diese ganzen Mutmaßungen, ohne wirklich etwas zu wissen, bringen mich nicht weiter.

Sila kommt zurück in die Küche getappt und stellt sich mir mitten in den Weg. Sobald ich stoppe, setzt sie sich schwanzwedelnd vor mich und sieht mich erwartungsvoll an. Sie stupst mir sogar mit der Nase ans Bein.

Vermutlich hat sie Hunger. Wann hat Jan sie wohl das letzte Mal gefüttert? Nachdenklich kaue ich auf der Unterlippe herum. Was soll ich ihr zu fressen geben? Elena hat mit Sicherheit kein Hundefutter im Haus und Jan hat seinen Schlüssel vorhin mitgenommen. Na ja, auch wenn er das nicht getan hätte, bin ich mir nicht sicher, ob ich mich trauen würde, hinüberzugehen und sein Haus zu durchsuchen.

Da ich keine Ahnung habe, was ein Hund fressen darf und was nicht, greife ich mir das Smartphone und informiere mich online. Sila lässt mich nicht aus den Augen und rückt jedes Mal nach, sobald ich mich einen Schritt bewege. Schon wieder stupst sie mich an und bringt mich damit zum Grinsen.

»Ich bin ja dabei, Sila«, sage ich beruhigend und streiche ihr über den Rücken, wodurch sich ihr Schwanzwedeln verstärkt. »Du willst doch nicht, dass ich dir etwas Falsches gebe, oder?«

Ihr nächstes Stupsen verstehe ich allerdings so, als ob ihr das gerade egal wäre. Die Internetseite, die eine regelrechte Disziplin aus der Fütterung von Hunden macht und viele Warnhinweise ausspricht, schließe ich wieder und gebe ihr ein Stück von dem alten, mittlerweile trockenen Brot von Elena. Das soll wohl ab und zu in Ordnung sein.

Mit dieser Wahl scheint auch Sila zufrieden. Vorsichtig nimmt sie es mir aus der Hand, läuft damit zu ihrem Platz vorm Fenster und knabbert daran herum. Kurz darauf liegen überall Krumen auf dem Boden verteilt, die bei meinem nächsten Blick zu ihr schon wieder verschwunden sind. Braver Hund.

Nachdenklich lehne ich an der Küchentheke und drehe das Smartphone in meiner Hand. Obwohl ich Kyra einen Rückruf schuldig bin, werde ich sie nicht anrufen, um sie mit den neusten Entwicklungen nicht noch mehr zu beunruhigen. Also tippe ich nur schnell eine Nachricht, dass ich müde bin, jetzt schlafen gehe und mich die nächsten Tage bei ihr melde.

Womöglich ist das gar nicht die schlechteste Idee. Am besten lege ich mich gleich hin und hoffe, dass sich morgen früh alles als ein böser Traum herausstellt. Um den Plan auf schnellstem Weg umzusetzen, verrammle ich wie letzte Nacht das ganze Haus. Mit dem übriggebliebenen Rauchgeruch muss ich leben, lieber das als offenstehende Fenster.

Sila folgt mir hoch ins Gästezimmer, was mir ganz recht ist. Wenn ich mir vorstelle, sie unten durchs Haus laufen zu hören, könnte ich sicher die ganze Nacht nicht schlafen. Sie beobachtet mich, wie ich mich fertigmache und ins Bad verschwinde. Als ich zurückkomme und uns einschließe, liegt sie ausgestreckt auf dem Teppichvorleger neben dem Bett. Ich steige über sie hinweg und lege mich ebenfalls hin.

»Gute Nacht, Sila«, wünsche ich ihr und lösche das Licht. »Mach dir keine Sorgen, dein Herrchen ist bestimmt bald wieder da.«

Sie antwortet mir nicht, aber meine eigenen Worte verstärken noch einmal meine Einsamkeit. Ungewollt schluchze ich auf und schon spüre ich eine Schnauze an meiner Schulter. Sila steht neben mir und stupst mich an. Sicher will sie mich trösten.

Kann man Hunde lieben? Darüber habe ich mir noch nie Gedanken gemacht, bin aber mittlerweile davon überzeugt. Auf jeden Fall diesen Hund.

»Alles in Ordnung, Süße. Leg dich wieder hin.«

Als ob sie mich verstehen würde, zieht sie ihre Schnauze zurück, dreht sich ein paarmal im Kreis und lässt sich mit einem kleinen Plumpsen auf dem Boden nieder.

Ich atme tief durch und weine nun nur noch lautlos ins Kissen.

Weltsprache

Ein ungewohntes leises Geräusch weckt mich. Regungslos bleibe ich liegen, bis ich es als das Tapsen von Hundepfoten auf dem Teppichboden identifiziere. Die Erleichterung darüber bleibt jedoch aus, denn gleichzeitig sind auch die Erinnerungen an die furchtbaren Ereignisse der vergangenen zwei Tage alle wieder da.

Elena verschwunden. Jan verhaftet. Gabriel tot.

Ich stöhne und drehe mich zur Seite. Wie bin ich nur in dieses Schlamassel geraten?

Etwas kaltes Nasses in meinem Gesicht lässt mich nun doch die Augen aufreißen und direkt in die braunen Kulleraugen von Sila blicken. Sie zappelt vor dem Bett herum und ich habe den Eindruck, sie würde am liebsten zu mir hochspringen.

Ein Hund im Bett, das geht doch nicht! Aber warum eigentlich nicht? Das wäre wohl die kleinste Katastrophe im Vergleich zu all dem anderen.

»Komm«, murmle ich leise und schon macht sie einen Satz hoch auf die Matratze.

Sie klettert über mich hinweg, legt sich auf meine andere Seite und kuschelt sich an mich. Ich schluchze auf, drehe mich zu ihr und nehme sie in den Arm. Eine ganze Weile liegen wir so und rühren uns nicht.

Unfassbar! Ein Hund tröstet mich und es fühlt sich gut an. Viel besser als irgendwelche Worte oder Beteuerungen eines Menschen, dass alles wieder in Ordnung kommt. Einfach nur ehrlich. Bis ich Sila kennengelernt habe, hätte ich mir so etwas niemals träumen lassen.

Erst als sie mit ihrer Schnauze immer weiter in mein Kissen gräbt, überwinde ich mich und klettere aus dem Bett. Sofort springt auch Sila heraus und flitzt zur Tür. Wahrscheinlich muss sie mal. Kein Wunder, mir geht es nicht anders.

Rasch werfe ich mir etwas zum Anziehen über, husche ins Bad zur Toilette und suche anschließend nach Silas Leine. Ich möchte nicht Gefahr laufen, dass sie mir abhaut. Sicher ist sicher. Allerdings ist die Leine nicht zu finden. Bereits die zweite Runde drehe ich suchend durchs Erdgeschoss des Hauses und gehe gedanklich unsere Ankunft gestern Abend durch. Frustriert bleibe ich stehen; Jan hat sie im Auto liegen gelassen, da er sie meist nur unterwegs braucht.

Mir muss schnell etwas einfallen, denn Sila läuft vor der Terrassentür hin und her und fängt sogar an zu fiepen. Ich drehe mich im Kreis und renne zur Garderobe, um den Tragegurt von Elenas Handtasche zu lösen. Das ist perfekt, die Schnalle befestige ich an Silas Halsband und endlich gehen wir über die Terrasse in den Garten. Sobald wir das Grün erreichen, hockt Sila sich schon hin.

Den Gurt stelle ich noch auf das längste Maß ein und laufe nun in bequemer Haltung mit ihr hinter dem Carport her zu Jans Grundstück. Wachsam blicke ich mich in alle Richtungen um. Es ist weder etwas zu hören noch zu sehen und auf mein Klingeln am Haus hin wird nicht geöffnet. Wie erwartet, aber ich habe es zumindest versuchen müssen.

So einen verlassenen Zustand bin ich ja mittlerweile gewohnt. Einen ironischen Lacher kann ich mir nicht verkneifen, obwohl die Situation alles andere als lustig ist.

Zurück in Elenas Ferienhaus versorge ich uns mit Frühstück, für mich gibt es Jans angebissenes Teilchen, bevor es noch vertrocknet, und für Sila wieder das alte Brot. Eine abwechslungsreiche und ausgewogene Ernährung ist das für sie definitiv nicht, aber besser als nichts. Sollte Jan länger wegbleiben, muss ich dringend etwas für sie kaufen. Heute allerdings ist Sonntag, da wird kein Laden geöffnet haben. Ganz zu schweigen davon, dass ich hinlaufen müsste. Das Wasserschüsselchen, das Jan Sila gestern hingestellt hat, fülle ich auf und setze mich an die Recherchearbeiten über die Vermisstenanzeige.

Das Thema ist umständlicher als vermutet. Die vielen Internetseiten, die ich finde, sind verwirrend und wenig hilfreich. Am besten rufe ich direkt Montagfrüh an und frage, wie ich vorgehen muss. Jetzt erst einmal werde ich einen anderen Plan umsetzen, den ich mir heute Nacht überlegt habe.

Das passt ganz gut, da Sila sowieso schon eine Zeitlang unruhig umherläuft. Vermutlich vermisst sie Jan oder aber ihr ist langweilig. Mit ihm ist sie ja immer den ganzen Tag unterwegs oder zumindest draußen frei auf dem Grundstück.

Ich schnappe mir die provisorische Leine und schon springt Sila aufgeregt um mich herum. Sie hampelt so sehr, dass ich kaum in der Lage bin, den Tragegurt an ihrem Halsband zu befestigen. Endlich schaffe ich es und wir verlassen das Haus durch die Vordertür, um Gassi zu gehen und dabei die Umgebung weiter nach Elena zu durchforsten.

Sollte sie einem Einbrecher gefolgt sein und sich dabei verletzt haben, den Fuß verstaucht oder so, liegt sie vielleicht irgendwo hilflos im Wald. Außerdem muss ich etwas tun, irgendwie mit der Suche nach ihr weiterkommen, wenn schon der eigentliche Plan mit der Wanderung geplatzt ist. Ich kann schlecht abwarten, ob Jan nach Hause kommt oder ob er wegen Mordes angeklagt wird.

Obwohl ich davon ausgehe, dass er nicht wieder zurück ist, da er sich nicht hat blicken lassen, laufen wir erst noch einmal bei ihm vorbei. Wie gehabt sind Grundstück und Haus verlassen. Ich wüsste auch gar nicht, wie ich mich verhalten sollte, wenn er plötzlich wieder da wäre.

Entschlossen schiebe ich jegliche Gedanken über seine Schuld oder Unschuld zur Seite und marschiere mit Sila neben mir über die Straße bis zu dem kleinen Waldweg, den ich im Vorbeifahren gesehen habe. In der Tat ist es eher ein Trampelpfad, dafür führt er uns geradewegs hinunter zum See und weiter dort entlang.

Das sonnige Wetter und der Ausblick tun meinem Gemüt gut. Auf dem See scheint alles so friedlich und ruhig zu sein, Boote schippern geräuschlos vorbei. Trotz der furchtbaren Situation, meinem ständigen suchenden Rundumblick und dem Rufen nach Elena genieße ich unseren Spaziergang.

Am Ufer steht eine Bank, die ich für eine Pause nutze. Ich lasse mir die Sonne ins Gesicht scheinen und betrachte das klare Wasser. Sila macht es sich vor meinen Füßen gemütlich.

Etwas entfernt von uns sitzt ein Angler in einem dieser seltsamen grünen Stühle. Ab und zu nimmt er eine Flasche aus dem angebrachten Halter und trinkt einen Schluck, ansonsten ist er vollkommen unbewegt, als ob er schlicht hierhergehört.

Ich gehe zu ihm hin und räuspere mich, um seine Aufmerksamkeit zu erlangen.

Halb fährt er aus dem Stuhl hoch und dreht sich dabei zu mir um. Der Schreck steht ihm ins Gesicht geschrieben, er muss sehr in Gedanken versunken gewesen sein.

»Entschuldigung«, sage ich zerknirscht. Er setzt sich wieder zurück und sieht mich fragend an. Das nehme ich als eine Aufforderung, mein Anliegen vorzubringen. »Ich suche meine Freundin. Sie hat ein Ferienhaus hier in der Nähe. Ich wollte fragen, ob Sie vielleicht jemanden gesehen haben.«

Er schüttelt den Kopf und gibt mir Zeichen, dass er mich nicht versteht. »Sorry.«

Sorry? Meine Güte, bin ich bescheuert! Warum bin ich nicht vorher auf die Idee gekommen? Sofort stelle ich meine Frage noch einmal auf Englisch. Ich mühe mich etwas ab, da ich es ewig nicht mehr gesprochen habe, aber es könnte funktionieren. Zumindest hört der Mann mir aufmerksam zu und sieht nicht mehr so ratlos aus. Zusätzlich hole ich mein Handy aus der Tasche und zeige ihm ein Bild von Elena.

Doch leider schüttelt er wieder den Kopf und erklärt mir ebenfalls auf Englisch, dass er heute Morgen noch niemanden getroffen und sie auch noch nie gesehen hat.

Brav bedanke ich mich für die Auskunft, entschuldige mich erneut für den Schreck und laufe mit Sila weiter den Trampelpfad entlang.

Auch wenn der Versuch nicht von Erfolg gekrönt ist, hat er doch etwas Gutes an sich: Ich kann mich allein verständigen! Ich bin nicht auf Jan angewiesen und es fühlt sich toll an. Hätte er eben neben mir gestanden, hätte ich mich das wahrscheinlich nicht getraut. Bei den nächsten Menschen, die ich treffe, werde ich es direkt noch einmal ausprobieren.

Vor mir teilt sich der Pfad; zum einen führt er weiter am See entlang und zum anderen rechts hoch in den Wald. Diesen Weg wähle ich, vielleicht kann ich in einer Kurve zurück zum Ferienhaus laufen und so noch mehr Gegend nach Elena durchkämmen.

Doch schon kurz darauf treffe ich auf die altbekannte Straße, in der mein Weg endet. Unschlüssig bleibe ich stehen, schaue mich um und überlege. Es bringt mich nicht weiter, wenn ich sie entlanglaufe. Den Streckenabschnitt habe ich aus dem Auto heraus bereits zweimal abgesucht. Aber der Wald gegenüber ist nicht allzu dicht; kurzentschlossen betrete ich ihn über einen Wildpfad. Falls ich gar nicht weiterkomme, kann ich noch immer umdrehen.

Es geht bergan und ist unwegsam, ständig muss ich irgendwelchen Bäumen, Sträuchern und Wurzeln ausweichen. Okay, damit habe ich im Wald wohl rechnen müssen. Was das Ganze aber so richtig mühsam macht, ist die Tatsache, dass es offensichtlich eine schlechte Idee ist, mit einem Hund der Spur von Wild zu folgen. Mit der Schnauze auf dem Boden hechelt Sila vorwärts und zieht mich hinter sich her. Nur gut, dass ich sie an der Leine habe, ansonsten wäre sie mir sicher schon längst entwischt.

Plötzlich ändert sich ihr Verhalten, der Wildpfad scheint sie von jetzt auf gleich nicht mehr zu interessieren. Sie fängt an zu fiepen, hüpft unruhig umher und zieht nach links. Ich habe Mühe, sie auf dem Pfad zu halten und weiter vorwärtszugehen. Ständig zerrt sie mich zur Seite und versucht, quer durch den Wald zu laufen.

Ob es daran liegt, dass wir schon ganz in der Nähe von Pella sein müssten? Vielleicht will sie zu Jans Firmengrundstück und hofft, ihn dort zu finden. Oder aber es gibt einen echten Grund für ihre Unruhe. Hunde haben doch ausgezeichnete Nasen ...

Sobald ich ihrem Zug an der Leine etwas nachgebe, prescht Sila los. Das kann nicht gut gehen, also bremse ich ihren Lauf wieder ab, folge ihr jedoch. Sie führt mich quer durch den Wald, immer tiefer hinein, über einen kleinen Bach hinweg, einen Hügel hinauf und wieder hinunter; soweit, bis ich einen Verschlag sehe.

Sofort halte ich an, ziehe sie zurück und verstecke uns hinter einem Baum. Nun rast mein Herz nicht nur wegen des strammen Marschs. Die kleine Hütte steht schief und geduckt zwischen hohen Büschen, sie ist leicht zu übersehen. Hätte Sila nicht direkt darauf zugehalten, wäre ich glatt daran vorbeigelaufen, ohne sie zu bemerken. Warum hat sie mich hierhergeführt? Was ist dort drin?

Sila wirkt noch immer sehr aufgedreht und bellt. Schnell hocke ich mich hin und streiche ihr besänftigend übers Fell. »Ruhig, Sila, ganz ruhig. Sei leise.«

Dabei beobachte ich den Verschlag und die Umgebung. Nirgends rührt sich etwas.

Ich atme tief durch, gleich noch einmal, nehme all meinen Mut zusammen und schleiche los, die Hundeleine fest in der Hand. Wir erreichen den Verschlag und wieder bellt Sila. Vor Schreck mache ich einen Satz zur Seite. Das alles hier tut meinem Herzen gar nicht gut. Aber wenn ich sie an dem Baum angebunden hätte, würde sie gewiss noch mehr Krach machen.

Ein Vorhängeschloss hängt an der schmalen Tür, es ist nicht zugesperrt. Mit zitternden Händen öffne ich sie, das Quietschen der Scharniere lässt meinen Puls weiter in die Höhe schnellen. Immerhin springt mir nichts entgegen und ich blicke ins Dunkle.

Hineingehen werde ich nicht, das traue ich mich nicht. Womöglich kommt genau in dem Moment jemand vorbei und schließt mich ein. Klar, das ist nur Paranoia, aber es hat sicher auch niemand damit gerechnet, dass Gabriel umgebracht wird.

Langsam mache ich Umrisse von Gegenständen aus, aber es dauert mir zu lang, bis sich meine Augen gänzlich an die Lichtverhältnisse gewöhnen. Also hole ich mein Smartphone hervor, stelle die Taschenlampenfunktion an und leuchte in den Holzverschlag. Verpackungspapier liegt hier vorn, zwei PET-Flaschen und noch etwas anderes. Erschrocken zucke ich zurück. Sind das etwa Handschellen und eine Rolle Paketklebeband?

Bist du abgehauen?

Nur weg hier!

»Komm, Sila!« Ich drehe mich um, ziehe kurz an dem Trageriemen und renne los. Zum Glück hört sie auf mich und läuft anstandslos neben mir her. Über die vielen Stolperfallen auf der Strecke durch den Wald, die wir eben genutzt haben, springe ich einfach hinweg.

Erst nachdem wir den Hang und den kleinen Bach überwunden haben, blicke ich mich gehetzt um. Es ist niemand zu sehen. Dennoch nehme ich mir keine Zeit zum Durchschnaufen und suche weiter nach dem Wildpfad, um so schnell wie möglich diesen Wald zu verlassen.

Es dauert gewiss fünf Minuten, bis wir endlich die Straße erreichen und ich richtig losrennen kann, ohne weiterhin Gefahr zu laufen, mir die Knochen zu brechen.

Doch bereits nach der nächsten Kurve werde ich wieder langsamer. Schwarze Streifen zeichnen sich auf dem Asphalt ab und führen direkt auf einen Baum zu; auf den beschädigten Baum, mit dem ich bereits unliebsame Bekanntschaft gemacht habe.

Hier ist am Freitag der Unfall passiert? Ja, eindeutig. Es ist die Stelle, an der Jan aus dem Wald gerannt ist. Genau aus der Richtung, aus der ich jetzt auch komme: von dem Verschlag.

Hat er etwas damit zu tun? Hat er etwas mit den Handschellen zu tun? Hat er …?

Ich renne weiter und meine Gedanken rasen mit mir um die Wette. Es ist zum Verzweifeln. Sila springt mit großen Sätzen neben mir her, wenigstens eine von uns scheint Spaß zu haben.

Die Straße nimmt kein Ende. Dabei will ich nur weg hier und in Sicherheit, wo mir niemand etwas tun und ich in Ruhe über alles nachdenken kann. Am liebsten ganz nach Hause, aber das ist schlecht möglich.

Der Schweiß rinnt meinen Körper hinunter und das Shirt klebt an mir. Keuchend erreiche ich endlich die Einfahrt zu Elenas Grundstück. Sila zieht stracks an ihr vorbei und will wohl zu sich nach Hause, aber das kann sie vergessen. Zu Jan gehe ich nicht mehr, solang ich nicht von seiner Unschuld überzeugt bin!

Noch einmal reiße ich mich zusammen und überwinde die letzten Meter durch den Vorgarten. Sobald wir im Ferienhaus sind, werfe ich die Tür hinter uns zu, schließe zweimal ab, lege die zusätzliche Sicherheitskette vor und sinke an Ort und Stelle zu Boden.

Ich kann nicht mehr. Ich will nicht mehr.

Irgendwann raffe ich mich doch wieder auf, um etwas zu trinken und die durchgeschwitzten Klamotten loszuwerden. Unter der Dusche, die unendlich guttut und meine Lebensgeister wiederbelebt, überlege ich mir mein weiteres Vorgehen. Als Erstes sollte ich die

Polizei anrufen und sie über den Verschlag informieren.

Entschlossen trockne ich mich ab, ziehe mir frische Sachen an und laufe hinunter in den Wohnbereich zu meinem Handy, das mir allerdings nur ein schwarzes Display anzeigt. Ich habe vorhin vor Schreck vergessen, die Taschenlampe wieder auszustellen. Das hat dem Akku wohl den Rest gegeben. Verflixt! Dann muss ich eben am Kabel hängend telefonieren.

Soeben schließe ich das Handy am Strom an, als Sila an mir vorbei zur Eingangstür flitzt. Sie winselt und springt mit allen vieren in die Höhe. Das kann eigentlich nur eins bedeuten. Neue Aufregung macht sich in mir breit. Noch bevor ich mir einen Plan zurechtlegen kann, klingelt es schon an der Tür.

»Nicole? Ich bin es, Jan!«, ruft er einen Moment später. Seine tiefe Stimme ist unverkennbar.

Mich darüber zu informieren, wer vor der Tür steht, ist sehr rücksichtsvoll von ihm, das sehe ich ein. Doch das reicht längst nicht aus. Leise gehe ich auf den Eingang zu und horche. Das Einzige, was ich höre, ist der aufgedrehte Hund neben mir. Ob ich so tun soll, als sei ich nicht zu Hause oder noch unter der Dusche? Aber das kann ich nicht. Außerdem wird Jan eh wiederkommen, solang Sila hier ist.

»Du bist ja schon wieder da«, rufe ich also durch die geschlossene Tür zurück. »Haben sie dich gehen lassen oder bist du abgehauen?«

»Was?« Ein ungläubiges Lachen ertönt. »Sie haben mich natürlich gehen lassen. Ich bin unschuldig, das habe ich dir doch gleich gesagt.«

»Das war kein Scherz. Woher soll ich wissen, dass du wirklich unschuldig bist und mir nichts vormachst?«

»Wenn ich geflüchtet wäre, würde ich wohl kaum hierherkommen, oder? Hier würden die Carabinieri mich doch als Erstes suchen.«

Das hört sich zwar logisch an, aber bei seiner Argumentation scheint er etwas Grundlegendes zu vergessen. »Oh doch, natürlich würdest du zurückkommen, um Sila abzuholen. So sehr, wie du sie liebst, würdest du sie nicht zurücklassen. Also beweist das leider gar nichts.«

Jan stöhnt. »Ich bin müde, Nicole. Machst du bitte die Tür auf, damit wir uns vernünftig unterhalten können? Du glaubst doch nicht, dass ich in der Lage wäre, jemanden umzubringen.«

»Ich weiß gar nicht mehr, was ich glauben soll. Aber ich weiß, was ich von dir wissen will! Was hast du vor unserem Unfall in dem Wald gemacht? Wo kamst du her und warum warst du dort? Und was waren das für Kratzer an deinen Armen? Ich will es genau wissen!«

»Wie kommst du denn jetzt darauf? Nicole, das ist lächerlich, dass wir uns hier durch die Tür unterhalten. Mach endlich auf!«

Kopfschüttelnd stemme ich die Hände in die Seiten. »Nein! Erst erzählst du es mir! Vorher mache ich hier gar nichts auf.«

Wieder stöhnt Jan. »Wenn es unbedingt sein muss. Ich bin auf mein Firmengelände gefahren, als mich dieser wütende Kunde angerufen hat. Ich habe dir davon erzählt. Bei ihm wurde ebenfalls eingebrochen und er hat mir mit der Klage gedroht. Das Gespräch war sehr unangenehm, daher bin ich wohl nicht ganz aufmerksam gewesen. Das hat Sila ausgenutzt und ist weggelaufen, obwohl sie so etwas vorher noch nie getan hat. Sie ist direkt gegenüber in den Wald hinein. Auf mein Rufen hat sie nicht gehört, also bin ich hinterher, um sie zurückzuholen. Plötzlich habe ich sie bellen und dann ganz furchtbar jaulen gehört; irgendetwas war passiert. Ich bin weiter hinterher und habe sie nur noch in Richtung Straße laufen sehen, auf der ein Auto zu hören war. Deins! Ich habe Panik gekriegt und mich noch mehr beeilt, bin gestolpert und einen Abhang hinuntergestürzt. Dabei habe ich mir die Klamotten zerrissen und wohl auch die Kratzer zugezogen. Ich habe mich wieder aufgerafft und bin weiter hinter Sila her. Sie war schon auf der Straße unterwegs, also musste ich schneller sein als das Auto und es aufhalten, damit sie nicht überfahren wird. Es ging steil bergab und ich konnte wieder nicht bremsen. Nun ja, so ist es leider zu dem Unfall gekommen. Tut mir leid.«

»Hast du dich gerade dafür entschuldigt?«, rutscht es mir prompt heraus. Nach seinem ganzen Theater und der Weigerung, über den Unfall zu sprechen, bin ich ehrlich erstaunt.

»Ja, habe ich«, pampt er mich an. »Ist es jetzt gut? Weißt du alles, was du wissen wolltest?«

»Warum hast du es nicht gleich erzählt?«

»Warum wohl? Ich war wütend, in Sorge und außerdem war es mir peinlich. Wer gibt so etwas schon gern vor einer gutaussehenden Frau zu? Der Hund läuft einem weg und anstatt ihn wieder einzufangen, kugelt man einen Hang hinunter. Sehr reizvoll!«

Sprachlos starre ich die Innenseite der Tür an. Er hat mich wahrhaftig als gutaussehend bezeichnet. Er wollte sich nicht vor mir blamieren. Mein Herz hämmert aufgeregt.

»Nicole?«

Seine Stimme bringt mich wieder zur Besinnung. »Ja, ich bin noch da. Noch eine Frage: Wie oft bist du in dem Wald und wie gut kennst du dich da aus?«

»Er gehört auf jeden Fall nicht zu meiner üblichen Gassirunde. Dort stehen Bäume, es gibt keine Wege. Was willst du hören?«

»Ob du den Verschlag kennst, der dort versteckt ist und ob du etwas damit zu tun hast.« *Bitte sag Nein, bitte sag Nein!* Ich wage es kaum zu atmen, so gespannt bin ich auf seine Antwort.

»Was für einen Verschlag? Nein, ich habe gar nichts mit diesem blöden Wald und allem darin zu tun.«

Jetzt will ich es endgültig wissen. Ich entferne die Sicherheitskette, schließe auf und öffne die Tür, um ihm ins Gesicht sehen zu können. Durch den ersten Spalt quetscht Sila sich bereits hindurch, rast hinaus und springt voller Freude an Jan hoch.

Lachend begrüßt er sie und dennoch liegt seine Aufmerksamkeit klar bei mir. Er trägt dieselben Klamotten wie gestern, sie sind zerknittert. Seine Haare sind noch strubbliger als üblich und ein dunkler Bartschatten ziert sein Gesicht. Aber wirklich erschrecken tun mich die tiefen Ringe unter den Augen. Die Nacht muss furchtbar für ihn gewesen sein.

Das aufkommende Mitleid schiebe ich beiseite und blicke ihn durchdringend an, um keine Reaktion zu verpassen. »In der Nähe von unserer Unfallstelle ist im

Wald ein Verschlag versteckt. Darin liegen Handschellen, Klebeband und anderes!«

Jans Brauen rucken in die Höhe. Mit großen Augen sieht er mich an. »Davon weiß ich nichts.«

Er wirkt ehrlich überrascht. So ein guter Schauspieler kann noch nicht einmal er sein. Ich glaube ihm.

»Okay«, sage ich und lächle ihn vorsichtig an. »Also, du bist unschuldig?«

»Ja, das bin ich.« Er sieht mir direkt in die Augen und auch das glaube ich ihm.

Ich trete ein Stück zur Seite, um den Weg freizumachen. »Gut, dann komm rein und erzähl mir alles.«

***

»Erklär es mir bitte noch einmal: Wie sind deine Fingerabdrücke auf die Mordwaffe gekommen?« Unruhig spiele ich mit dem Pfefferspray in meiner Hosentasche, das ich wieder für den Notfall eingesteckt habe. Natürlich nicht wegen Jan, sondern weil hier irgendwo ein Mörder frei herumläuft.

Wir sind im Wald und auf dem Weg zum Verschlag. Trotz der schlaflosen Nacht möchte Jan ihn sich anschauen, bevor wir die Polizei informieren. Wahrscheinlich ist er froh, wenn er erst einmal nichts weiter mit ihnen zu tun hat.

»Es war meine Harke, mit der Gabriel erschlagen wurde. Unser beider Fingerabdrücke sind darauf. Da er es kaum selbst getan hat, haben sie mich verdächtigt. Wer auch immer sie von der Ladefläche des Wagens genommen und ihn erschlagen hat, muss Handschuhe getragen haben. Deswegen hat er die Tatwaffe vermutlich einfach dort liegen lassen.«

»Oder, um den Verdacht auf dich zu lenken.« Bedeutungsvoll ziehe ich die Brauen in die Höhe und widerspreche mir selbst. »Das passt allerdings nicht mit einem missglückten Einbruch zusammen, was das Nächste ist, das ich nicht verstehe. Wenn der Firmenwagen doch vor der Tür des Ferienhauses stand, wer ist denn so blöd und bricht dann dort ein?«

»Vielleicht war es andersherum und Gabriel ist erst hinzugekommen. Hoffen wir mal, dass die Ermittler das alles schnell aufklären können. Auch, damit ich mich nicht mehr zur Verfügung halten muss.« Mit beiden Händen zeichnet er Gänsefüßchen in die Luft.

»Woher wussten sie eigentlich, dass es deine Fingerabdrücke sind? Bist du schon einmal verhaftet worden?« Ich gebe mir alle Mühe, möglichst beiläufig zu klingen. Irgendwie fühle ich mich schuldig wegen der Frage, finde sie aber durchaus berechtigt.

Jan runzelt die Stirn und sieht mich mit einem schiefen Grinsen an. »Habe ich dich immer noch nicht überzeugt, dass ich harmlos bin?«

»Mir sind schon viele Begriffe für dich eingefallen. Harmlos war nicht dabei.« Ich schlage einen unnötig großen Bogen um ein Gebüsch, um seinem Blick auszuweichen und die aufsteigende Hitze in meinem Gesicht wieder in den Griff zu bekommen.

»Will ich die hören?« Er wartet mit Sila auf der anderen Seite und sieht mir interessiert entgegen.

»Womöglich, aber ich werde sie dir nicht verraten. Erst recht nicht, solang ich keine Antwort erhalte.« Verärgert über meine so schnell abschweifenden Gedanken laufe ich stracks an den beiden vorbei.

»Okay, auf den Deal kann ich mich einlassen«, erwidert Jan, der mir augenblicklich folgt. »Als ich ausgewandert, also hier eingewandert bin, haben sie meine Fingerabdrücke zur Identifikation genommen.«

»Oh!« Nun lasse ich ihn doch zu mir aufschließen und sehe ihn erstaunt an. »Du stammst gar nicht von hier? Hattest du nicht etwas von Familienbesitz gesagt?«

»Richtig, das habe ich. Die Grundstücke hat mir die Familie meiner Mutter vermacht und damit meine Entscheidung, hierherzuziehen, erleichtert. Aber ich bin in Deutschland aufgewachsen. Zum Schluss haben wir in Köln gelebt.«

»Im Ernst? Du, mitten in der Großstadt? Das kann ich mir kaum vorstellen. Und du hast dort mit deinen Eltern gelebt?«

Schmunzelnd blickt er auf mich herab. »Nein. Mit meiner Verlobten.«

Die Worte sind wie ein Schlag in die Magengrube. Auch mein Hals ist plötzlich ganz trocken und ich versuche, mir nur nichts anmerken zu lassen. »Aber warum bist du dann jetzt hier? Und wo ist sie? Ich habe sie noch nicht gesehen, oder?«

»Nein, hast du nicht. Es gibt sie nicht mehr.«

Dieses Mal nimmt Jan den längeren Weg an einigen Bäumen vorbei in Kauf, sodass mir Gelegenheit zum Nachdenken bleibt. Was meint er mit: *Es gibt sie nicht mehr?* Sind die beiden nicht mehr zusammen oder ist sie etwa gestorben?

Er stößt wieder auf meinen Weg, sieht mir kurz ins Gesicht und lacht. »Bevor du dir jetzt den Kopf zerbrichst, wir haben nicht zusammengepasst. Sie hat mich und meinen Traum vom Gärtnern nicht verstanden und sich darüber lustig gemacht. Das war ihr nicht gut genug. Ihrer Meinung nach sollte ich einfach in der Immobilienbranche bleiben, da hätte ich wenigstens Erfolg. Womit sie natürlich recht hatte, aber darauf kommt es mir nicht an; kam es noch nie. Sie selbst war in der Werbung tätig. Eine Party nach der anderen, ständig *Highlife* und so. Nur hat sie nicht nur für ihre Kunden Werbung gemacht, sondern auch für sich selbst. Im Endeffekt war die ganze Beziehung eine große Enttäuschung.«

»Das tut mir leid.« Die Floskel kommt wie von selbst über meine Lippen. Doch es gehört sich ja auch so und es tut mir tatsächlich leid, wenn er enttäuscht wurde. Erst als Jan abwinkt, wird mir noch etwas ganz anderes bewusst und ich möchte vor Entsetzen im Erdboden versinken. »Und ... Ich weiß, ich habe mich schon dafür entschuldigt, aber da kannte ich den Hintergrund ja noch nicht.« Noch einmal atme ich tief durch. »Es tut mir auch wirklich leid, dass ich Gärtner als Schimpfwort für dich benutzt habe. Ich finde es wirklich toll, was du hier machst und wenn ich mir Elenas Grundstück so anschaue, scheinst du mehr als begabt zu sein.«

Jan gibt einen merkwürdigen Ton von sich, irgendetwas zwischen Lachen und Schnauben, und mustert mich. Dann nickt er. »Ich habe es dir schon beim ersten Mal geglaubt.«

Dankbar lächle ich ihn an und gehe etwas beruhigter auf den Bach zu, über den ich vorhin gestiegen bin und der endlich in Sichtweite ist.

»Stammt daher auch deine Abneigung gegen Stadtmenschen?«, frage ich, um keine unangenehme Stille auftreten zu lassen.

»Richtig. Nett ausgedrückt sind sie mir zu selbstsüchtig, arrogant und engstirnig.« Er greift nach meinem Arm und hält mich zurück. Die unerwartete Berührung lässt mein Herz einen Satz machen. Ich bleibe stehen, hebe den Kopf und treffe auf seinen intensiven Blick direkt in meine Augen. »Ich habe aber mittlerweile den Verdacht, dass womöglich nicht alle so sind. Vielleicht kannst du mich weiter davon überzeugen?«

Mir stockt der Atem. Mit dieser Wendung habe ich so plötzlich nicht gerechnet. Ich kann nicht mehr schlucken. Was soll ich jetzt tun? Was soll ich ihm antworten?

Doch dazu bleibt mir keine Gelegenheit, denn er zieht die Stirn kraus und deutet hinter mich. »Da ist jemand!«

Ich bin schon erwachsen

»Bleib hier und halt Sila fest!«, ruft Jan mir zu und rennt los.

Glücklicherweise steht sie direkt neben mir, sodass ich schnell nach ihrem Halsband greife, bevor sie womöglich noch ihrem Herrchen hinterherjagt, das im Zickzack zwischen den Bäumen hindurch spurtet.

Es fühlt sich gar nicht gut an, allein in der Nähe des Verschlags zurückzubleiben. Da dort drüben schon der Bach fließt, müsste demnach hinter dem nächsten Hügel unser Ziel liegen. Obwohl der Wald so licht ist, erscheint er mir dunkel und erdrückend.

Unruhig blicke ich mich nach allen Seiten um. Nichts zu sehen und nichts geschieht. Vorsichtshalber führe ich Sila ein paar Schritte zur Seite und hocke mich zwischen einen Baum und ein Gebüsch, um von wem auch immer nicht auf Anhieb gesehen zu werden. So beobachte ich weiter die Umgebung und warte auf die Rückkehr von Jan.

Doch er taucht nicht auf, eine Viertelstunde ist bereits vergangen. Ob etwas passiert ist? Vielleicht sollte ich nach ihm suchen, dafür fehlt mir allerdings einmal mehr die Hundeleine. Warum hat er auch nicht auf mich gehört und sie wieder im Auto gelassen?

Endlich mache ich eine Bewegung zwischen den Bäumen aus und erkenne Jan, der sich suchend umblickt. Ich erhebe mich, winke ihm und lasse Sila laufen. Sie springt direkt auf ihr Herrchen zu und begleitet ihn zu mir zurück.

Ein Schmunzeln erscheint auf seinem Gesicht und er deutet auf das Gebüsch. »Musstest du mal?«

»Sehr witzig! Auch beim zweiten Mal ist es hier nicht weniger unheimlich. Und du lässt mich so lang warten!« Böse blicke ich ihn an, aber schon siegt meine Neugierde. »Und, wer war da?«

»Keine Ahnung, ich war nicht schnell genug. Ich habe noch ein bisschen die Gegend abgesucht, aber niemanden gefunden.«

»Aber du hast gesehen, dass dort jemand war?«

»Ja.« Jan zuckt mit den Schultern. »Vielleicht ein Spaziergänger.«

Ich schüttle den Kopf. »Mitten in einem Wald ohne Wege, zufällig in der Nähe des Verschlags und dann löst er sich in Luft auf?«

Aus müden Augen sieht er mich an. »Ich weiß es doch auch nicht. Zeig mir erst einmal den Schuppen.«

»Okay.« Nickend deute ich auf die Anhöhe, hinter der ich unser Ziel vermute. »Da entlang, wenn mich nicht alles täuscht.«

Gemeinsam steigen wir über den Bach und gehen weiter den Hang hoch.

»Wie hast du ihn eigentlich gefunden? Den Schuppen, meine ich.«

»Beim Gassigehen. Sila war plötzlich ganz nervös und hat mich hergeführt.« Während wir die Anhöhe überwinden, beobachte ich sie, wie sie brav an Jans Seite läuft; vollkommen auf ihn konzentriert und die Umgebung kaum beachtend. »Seltsam, dass sie jetzt so lieb ist. Aber das wird wohl an dir liegen, oder?«

»Das mag sein. Also bist du ganz allein mit einem fremden Hund quer durch einen fremden Wald gelaufen?«

»Nicht nur das«, sage ich und spüre erneut ein wenig Stolz aufkommen. »Ich habe mich vorher sogar mit einem fremden Menschen unterhalten.«

»Mutig.« Jan lacht und deutet dann nach vorn. »Ist er das?«

Wir erreichen die nächste Senke und laufen direkt auf den Verschlag zu.

»Ja, das ist er«, flüstere ich aufgeregt und starre den geschlossenen Eingang an. »Aber die Tür hatte ich vor Schreck offengelassen und da hing auch ein Vorhängeschloss dran. Das ist weg.«

»Bist du sicher, dass wir hier richtig sind?«

Skeptisch blicke ich mich noch einmal um, doch ich erinnere mich genau an den Baum mit dem großen halb abgebrochenen Ast, hinter dem ich mich versteckt habe, und auch an die Strecke, die wir entlanggekommen sind. »Ja! Ich bin sicher. Es muss jemand hier gewesen sein.«

Jan nickt, greift nach dem Riegel an der Tür und schiebt ihn zur Seite. Automatisch trete ich wieder einen Schritt zurück, als er sie vorsichtig aufzieht. Er nimmt die Taschenlampe zur Hand, die wir extra deswegen mitgenommen haben, und leuchtet umher. Im Gegensatz zu mir wagt er sich sogar in den Verschlag hinein und strahlt jede Ecke aus.

Was habe ich erwartet? Dass uns jemand entgegenspringt? Dass die verdächtigen Gegenstände ordentlich sortiert vor uns liegen? Dass Elena uns hieraus entgegenblickt und sich freut, uns zu sehen? Keine Ahnung. Auf jeden Fall habe ich nicht nichts erwartet. Aber so ist es, hier ist einfach nichts. Der Verschlag ist leer.

»Keine Spur.« Jan tritt wieder ins Freie und hält mir die Lampe entgegen. »Willst du selbst nochmal nachschauen?«

»Nein, nicht nötig«, antworte ich, woraufhin er die Taschenlampe ausschaltet und wegsteckt. »Aber ich bin mir sicher, dass die Sachen vorhin hier waren. Ich habe sie gesehen.« Aufgebracht zeige ich in den Verschlag. »Du musst mir glauben, Jan! Da haben die Flaschen gelegen und da bei dem Pfosten die Handschellen und ...«

»Hey, ganz ruhig. Ich glaube dir doch.« Jan legt mir eine Hand auf die Schulter und drückt leicht zu. Die Wärme, die von ihm ausgeht, durchströmt meinen Körper und die Schwere der Berührung fühlt sich gut an. Ich spüre regelrecht Jans Absicht, mich zu unterstützen. Ich bin nicht allein.

Wieder etwas gefasster blicke ich dennoch zweifelnd zu ihm hoch, denn ich würde mir in so einem Fall wohl selbst nicht glauben. »Ja?«

»Ja! Für einen Schuppen im Wald ist es viel zu sauber da drin. Jemand muss alle Spuren beseitigt haben.«

»Der von eben!«, sage ich sofort. »Oder ... oder Pietro.«

»Was?« Seine Hand nimmt Jan herunter und er sieht mich entgeistert an. »Wie kommst du denn darauf?«

»Er ist gestern aus dem Wald hier gekommen und hat sich so merkwürdig verhalten, als ob er nicht gesehen werden wollte. Vorher hat er noch telefoniert und schien sehr aufgeregt. Nachdem er deinen Wagen gesehen hat, ist er ganz schnell zu seinem eigenen gelaufen und weggefahren.«

»Gestern Abend, als ich im Büro war und du draußen telefoniert hast?«

Ich nicke.

»Habt ihr miteinander gesprochen? Was hat er gesagt?«

»Nein, haben wir nicht. Wie gesagt hatte ich das Gefühl, als ob er nicht gesehen werden wollte. Ich habe mich versteckt.«

Jan lacht auf. »Du hast dich vor meinem Mitarbeiter versteckt? Und warum hast du mir nichts davon erzählt?«

»Habe ich vergessen. Du warst so angespannt wegen deines Anwalts und dem Kunden. Ich wollte es dir später erzählen, aber dann hast du es ja vorgezogen, die Nacht woanders zu verbringen.«

Dieses Mal sieht Jan mich schief an. »Versuchst du dich etwa gerade an einem schlechten Witz?«

Obwohl ich tatsächlich nicht über seine furchtbare Nacht auf dem Polizeirevier habe scherzen wollen, zucke ich mit den Schultern. »Das kann ich auch. Ich bin schließlich schon erwachsen.«

»Ja, das sehe ich sehr wohl«, murmelt Jan. Seinen Blick lässt er über meinen Körper gleiten, von oben nach unten und langsam zurück. Ich spüre regelrecht, wie ich erröte. Mein Herz schlägt plötzlich schneller, mir wird ganz anders. Als seine Augen wieder auf meine treffen, bin ich sicherlich so rot wie mein Shirt. Er schmunzelt, holt sein Handy aus der Tasche und tippt darauf herum. »Ich nehme an, unseren Plan von heute holen wir morgen nach und folgen Marcos Spur?«

Erleichtert über den Themenwechsel stimme ich zu. »Ich bin auf jeden Fall dafür, aber musst du nicht arbeiten?«

»Ich bin der Chef, also gebe ich mir selbst frei. Ich rufe jetzt Pietro an und teile ihm das mit. Falls er eben hier im Wald gewesen ist, was ich nicht glaube, höre ich vielleicht etwas Auffälliges.« Jan sieht mich fragend an, als warte er auf meine Zustimmung. Ich nicke und schon drückt er auf Anrufen und hält sich das Gerät ans Ohr. Den Rufton vernehme ich bis hierher. Es klingelt endlos und niemand nimmt das Gespräch an. Jan legt auf und wählt eine weitere Nummer; mit dem gleichen Ergebnis.

»Nichts zu machen. Weder Handy noch Festnetz.« Schulterzuckend steckt er das Telefon in seine Hosentasche. »Ich probiere es später noch einmal.«

»Vielleicht will er am Wochenende Ruhe vor seinem Chef haben.«

»Kann ich verstehen.« Jan nickt und kommt näher auf mich zu. »Aber jetzt zurück zu dir und deiner Vorlage von eben. Wenn ich die Nacht nicht woanders verbracht hätte, dann hättest du mir also später – wann und wo – von Pietro erzählt?«

Was denkt er denn nur? Oder will er mich wieder aufziehen?

»Beim Essen«, sage ich schnell und schiebe mir nervös eine Haarsträhne hinters Ohr. »Natürlich beim Essen.«

»Natürlich.« Sein Nicken und das zynische Lächeln zeigen mir deutlich, dass er mir kein Wort glaubt. »Deswegen auch das heiße Kleid. Aber apropos, wie hat es dir denn geschmeckt?«

»Ähm ...« Verlegen beiße ich mir auf die Unterlippe. Sein Blick fährt sofort dorthin, also reiße ich mich zusammen und höre damit auf. »Es ist verbrannt.«

»Du hast mein Essen anbrennen lassen?« Die Stirn legt er in Falten und wirkt vorwurfsvoll und amüsiert zugleich.

»Ich war abgelenkt, wie du dir vielleicht vorstellen kannst. Aber ich hätte eh nichts essen können. Der Appetit war mir vergangen.«

»Etwa aus Sorge um mich?« Jeder Scherz ist aus seiner Stimme verschwunden, auch aus seinem Gesicht. Er sieht mir direkt in die Augen, mit einer Intensität, die mir erneut Herzrasen beschert.

»Natürlich habe ich mir Sorgen um dich gemacht«, gebe ich zu und senke leicht den Blick. »Aber ich wusste trotzdem nicht, was ich glauben soll.«

»Das haben wir ja hoffentlich geklärt.« Jan tritt nah an mich heran, sehr nah, und macht mich damit noch nervöser. Ich könnte ihm nicht einmal ausweichen, wenn ich das wollte. Nach hinten versperrt mir die Wand des Verschlags den Weg, links ein dichtes Gebüsch und rechts die offene Tür ins Innere, zu der ich eher den Abstand vergrößern möchte. Mit den Händen stützt er sich zu beiden Seiten von mir an der Bretterwand ab und kesselt mich damit endgültig ein; sein

Blick durchdringt mich. »Oder hältst du mich noch immer für einen Verbrecher?«

Ich bin nicht in der Lage, zu antworten. Die Hitze seines Körpers und überhaupt seine Nähe lenken mich ab. Dabei muss ihm doch klar sein, wie sehr mich das durcheinanderbringt. Mit einem Kloß im Hals blicke ich zu ihm hoch und schüttle leicht den Kopf.

»Gut.« Es ist nur ein leises Murmeln, während er sich zu mir herunterbeugt.

Ich halte den Atem an und starre auf seine Lippen, die immer näherkommen. Unaufhaltsam und doch viel zu langsam. Ich sehne sie herbei und möchte gleichzeitig weglaufen. Bei dem Versuch erinnert mich die Wand hinter mir an meine ausweglose Position. Keuchend stoße ich die angehaltene Luft aus, ergebe mich meinem Schicksal und bete, dass Jan sich nicht im letzten Moment mit einem scherzhaften Spruch von mir abwendet und mich mit meinem Verlangen nach ihm allein lässt. Mein Herz hämmert in der Brust. Jans schwerer Atem streicht über meine Haut, ich hebe kurz den Blick in seine dunklen, halb geschlossenen Augen, und endlich spüre ich ihn. Seine Lippen erreichen mich, sanft legt er sie auf meine.

Augenblicklich bleibt die Welt stehen und ein Schauer durchläuft meinen Körper. Jan küsst mich! Erst sacht und vorsichtig, dann immer fordernder und voller Leidenschaft. Meine Güte, es fühlt sich so gut, so richtig an. Alle Zweifel und Probleme lasse ich los und versinke in diesem Kuss, der bitte niemals enden soll. Meine Arme schlingen sich wie von selbst um Jans Nacken. Ein kleines Stöhnen entfährt mir, als er meinen

Körper umfasst und ihn fest an sich zieht. Es gibt nur noch uns beide.

Sila scheint das allerdings nicht zu gefallen, sie springt an uns hoch und drängt sich mit der Schnauze zwischen unsere Körper. Lachend beendet Jan den Kuss und streicht ihr übers Fell; mit den Vorderbeinen steht sie weiter an uns gestützt. »Kein Grund zur Eifersucht.«

Immerhin gibt es mir Zeit, wieder zu Atem zu kommen. Mein Herz rast noch immer. Was ist hier gerade passiert? So etwas mache ich doch nicht, fast fremde Menschen küssen. Aber ich bereue es nicht.

»Du sagst ja gar nichts mehr.« Jans Stimme lässt mich aufblicken. Er sieht mich forschend an, wahrscheinlich um herauszufinden, was ich denke.

Ich traue meiner Stimme noch nicht, also schüttle ich wieder nur leicht den Kopf, was ihn zum Lachen bringt.

»Dann komm, wir gehen etwas essen«, sagt er und greift wahrhaftig nach meiner Hand. »Hier kommen wir nicht weiter und wenn wir schon in der Nähe von Pella sind, kann ich dir auch ein nettes Restaurant zeigen, das Elena manchmal besucht. Dort fragen wir weiter herum.«

Schleichst du mir hinterher?

»Ich fühle mich etwas fehl am Platz«, zische ich Jan leise zu und zupfe an meinem Shirt. Wenn ich wenigstens eins meiner Kleider oder eine Bluse anhätte.

Der Kellner führt uns durch das viel zu schicke Restaurant, hinaus auf die Terrasse und weist uns einen Tisch für zwei direkt am Geländer zu. Das allerdings ist perfekt, so verdeckt kein Kopf eines anderen Gastes den Ausblick auf den Lago d'Orta und die umliegenden Berge. Fasziniert setze ich mich hin und nehme nur am Rande wahr, wie Sila ein Wassernäpfchen gebracht bekommt.

»Jetzt aber nicht mehr, oder?«, fragt Jan.

Verwirrt blicke ich ihn an. »Was?«

Er sieht unendlich müde aus. Kein Wunder bei dem fehlenden Schlaf und erstaunlich, dass er trotzdem noch durchhält. »Fühlst du dich immer noch fehl am Platz?«

Langsam schüttle ich den Kopf und zeige auf die Umgebung. »Und wenn, wäre es mir jetzt egal. Hast du dir das mal angeschaut? Es ist so wunderschön.«

Jan schmunzelt. »Ich habe die Aussicht schon einmal gesehen, ja. Weißt du, ich wohne seit ein paar Jahren hier.«

»Stimmt!« Ich lache und schaue mich im nächsten Moment wieder um, als ein kurzes Hupen ertönt. Das Ausflugsschiff hält auf den Anleger zu.

»Das kommt von Giulio d'Orta.« Jan wendet sich ebenfalls in die Richtung und deutet auf die kleine bebaute Insel, auf die man von hier einen idealen Ausblick genießt und die ich mir nach wie vor richtig anschauen möchte, wenn wieder alles in Ordnung ist. Wie eine echte Touristin.

Über den Tisch hinweg greift Jan nach meiner Hand, was mir die Röte ins Gesicht treibt. Mit Zuneigungsbekundungen in aller Öffentlichkeit scheint er keine Probleme zu haben, das ist mir bereits bei unserem Weg hierher aufgefallen. Arm in Arm ist er mit mir an der Uferpromenade entlanggeschlendert und zugegeben, ich habe es genossen.

Ein Gast am Nachbartisch räuspert sich und spricht Jan an, der sich zu ihm umdreht, dabei allerdings meine Hand nicht loslässt. Die beiden unterhalten sich, natürlich mal wieder auf Italienisch, also brauche ich gar nicht erst zu versuchen, mich zu beteiligen. Falls das mit ihm und mir weitergehen sollte, muss ich dringend meine Sprachkenntnisse ausweiten. Meine Güte, unser erster Kuss ist kaum eine Stunde her und schon mache ich mir solche Gedanken!

Erst als der Kellner an unseren Tisch herantritt, um die Bestellung aufzunehmen, beenden die beiden das Gespräch und setzen sich wieder ordentlich hin. Ich entscheide mich für ein Risotto mit frisch gefangenem Fisch aus dem Ortasee und Jan wählt Agnolotti del Plin, falls ich es richtig verstanden habe. Keine Ahnung, was das ist. Der Kellner bedankt sich und verschwindet wieder.

»Um was ging es denn?« Unauffällig nicke ich zum Nachbartisch. »Hast du ihn nach Elena gefragt?«

Kopfschüttelnd beugt Jan sich etwas näher zu mir. »Das ist unser Postbote, daher weiß er immer über alles Bescheid und hat mich nach den Einbrüchen gefragt. Aber ich hole das jetzt nach. Gibst du mir ihr Bild?«

»Ähm, tut mir leid, mein Akku war leer. Ich habe das Handy nicht dabei.«

Jan stöhnt. »Warum hast du das denn nicht vorher gesagt? Dann hätte ich noch ein Foto von ihrem Bild geschossen.« Aus der Hosentasche kramt er sein Smartphone hervor und tippt darauf herum. Ewig. Steile Falten stehen auf seiner Stirn. »Ich bin nicht sicher, ob ich ein brauchbares von ihr habe. Wenn wir Glück haben, vielleicht ein altes … Ja, hier!« Er verzieht sein Gesicht. »Das sollte gehen, oder?«

Das Gerät hält er mir hin und vergrößert dabei ein Bild, sodass nur Elena glücklich lachend angezeigt wird. Die Person neben ihr kann ich nicht erkennen, sicher ist das Horst gewesen.

»Ja, das kannst du nehmen.«

Jan nickt, dreht sich wieder zum Nachbartisch um und spricht noch einmal mit dem Mann. Dabei zeigt er ihm das Foto.

Ich versuche, zumindest etwas an dessen Reaktion zu erkennen, werde aber von dem Kellner abgelenkt, der unsere Getränke bringt. Vorhin hat er Italienisch mit Jan gesprochen, also atme ich tief durch, um meinen Mut zu sammeln, und frage ihn nun auf Englisch ebenfalls nach Elena, während er Wasser und Wein auf dem Tisch platziert. Dafür lasse ich mir von Jan das Handy reichen und zeige dem Kellner das Bild. Genau wie der Angler heute Morgen versteht auch er mich und wir unterhalten uns einen Moment, ich könnte platzen vor Freude. Nur leider kann er mir nicht weiterhelfen; er kennt Elena zwar, hat sie aber schon lang nicht mehr gesehen. Er entschuldigt sich und geht mit seinem Tablett zu den nächsten Gästen.

Sein Gespräch hat Jan noch nicht beendet, also nippe ich weiterhin voller Euphorie am Wasser und gebe dann meiner Neugierde nach. Ich schaue mir Elenas Bild im Ganzen an, auf dem sie Arm in Arm mit Jan abgebildet ist. Beide lachend. Deutlich sind seine kleinen Grübchen zu erkennen. Ich verschlucke mich und muss husten. Schnell vergrößere ich den Ausschnitt wieder und lege das Handy auf dem Tisch ab.

In dem Moment wendet sich Jan mir zu. »Alles okay?«

»Hmm, ja. Nur verschluckt.« Mein Hals fühlt sich wie zugeschnürt an und ich zwinge mich zu einem Lächeln. »Der Kellner hat Elena nicht gesehen. Und bei dir?«

»Auch nichts, doch er wird Augen und Ohren für uns offenhalten und Bescheid geben, sollte er etwas erfahren. Er hat noch nach Gabriel gefragt. Aber was sollte ich ihm sagen, außer dass er ein zuverlässiger Kerl war und fast von Beginn an bei mir gearbeitet hat?«

»Es tut mir wirklich leid.«

»Ich weiß. Lass uns von was anderem sprechen.« Jan greift nach seinem Weinglas und nickt mir auffordernd zu.

Also nehme ich meins zur Hand und wir stoßen miteinander an. Gut fühle ich mich nicht dabei. Es ist gerade so, als hätten wir etwas zu feiern. Auch ein Themenwechsel ist gar nicht einfach. Ständig sehe ich das Bild vor mir. Ob ich ihn darauf ansprechen soll?

»Wo war eigentlich Sila?«, frage ich stattdessen. »Am Freitag, meine ich. Wo hast du sie wiedergefunden?«

»Sie hat zu Hause auf mich gewartet.« An seinem Lächeln ist deutlich zu erkennen, wie erleichtert er darüber gewesen sein muss.

Sila kommt unter dem Tisch zu mir, legt ihren Kopf auf meinem Bein ab und blickt mit ihren Kugelaugen zu mir hoch. Sie hat sich wohl angesprochen gefühlt.

Ich kraule sie hinter den Ohren. »Pfiffig. Auch die Ecke aus dem Wald mit dem Zebrastreifen zu nutzen.«

Jan verzieht die Miene und sieht mich etwas beschämt an. »Eigentlich habe ich das nur so gesagt. Da ist kein Zebrastreifen. Ist dir nicht aufgefallen, dass die Streifen viel dünner sind als normal?«

»Woher soll ich wissen, wie breit Zebrastreifen in Italien sind?« Ich funkle ihn an und spüre leichte Verärgerung in mir. »Was sind das denn sonst für Streifen?«

»Sie sind Überbleibsel einer Sportveranstaltung hier am See. Das ist schon einige Jahre her. Es war Zufall, dass wir genau an der Stelle auf die Straße gekommen sind.« Jan schiebt seine Hand über den Tisch und greift wieder nach meiner. »Auch das tut mir leid.«

Es fühlt sich plötzlich merkwürdig an, mit ihm Händchen zu halten, denn ich wüsste gern, ob er das mit Elena ebenfalls getan hat. Aber ich möchte ihn auch nicht vor den Kopf stoßen, indem ich die Hand zurückziehe, und damit womöglich fälschlicherweise etwas zerstören, was noch gar nicht richtig begonnen hat.

Irgendwie muss ich das Thema mit dem Bild klären.

»Hat Elena ihr Ferienhaus von Anfang an von dir betreuen lassen? Kennt ihr euch daher?«

»Nein.« Jan zieht von sich aus seine Hand zurück, da der Kellner ausgerechnet jetzt unser Essen bringt.

Mein Risotto sieht zwar lecker aus und ich spüre auch, was ich für einen Hunger habe, aber warte zunächst auf Jans Antwort. Wenn wir schon endlich bei dem Thema sind, will ich mich nicht ablenken lassen. Wie sollte ich sonst noch einmal unauffällig darauf zu sprechen kommen? Doch Jan denkt offenbar an alles; den Teller zu drehen, einen Schluck Wein zu trinken, Sila zu streicheln ... nur nicht daran, weiterzureden.

Grimmig blicke ich ihn an. »Was, nein?«

»Wusste ich doch, dass du weiter nachfragst.« Jan lacht und ich stöhne innerlich über mich selbst. Er zieht mich nur wieder auf. »Und ich sehe auch ein, dass es dich interessieren könnte. Also um deine Neugierde zu stillen: Elena hat ihr Ferienhaus nicht von Beginn an von mir betreuen lassen, da ich zu dem Zeitpunkt noch gar nicht hier war. Ich bin erst vor fünf Jahren hergezogen. Also haben wir uns zunächst als Nachbarn kennengelernt und dann habe ich mir meine Firma aufgebaut. Und ja, sie war eine meiner ersten Kundinnen.«

Meine Gedanken rasen. Das Bild kann also höchstens fünf Jahre alt sein. Zu der Zeit ist Elena bereits drei

Jahre mit Horst verheiratet gewesen. Vielleicht hat es gar nichts zu heißen und sie verstehen sich einfach nur gut, daran wäre nichts auszusetzen. Die Vorstellung fällt mir auch nicht schwer. Besonders, da ich Elenas einnehmendes Wesen kenne, dem man sich nur schwer entziehen kann. Aber warum wollte Jan es mir dann verheimlichen? Oder habe ich mir das nur eingebildet?

»Lass es dir schmecken.«

Jans Stimme schreckt mich auf. Ich greife nach dem Besteck und blicke ihn an, um ebenfalls einen guten Appetit zu wünschen. Allerdings bleiben mir die Worte vor Überraschung im Hals stecken.

Über seine Schulter hinweg sehe ich Horst an der Uferpromenade entlanglaufen. Gerade habe ich noch an ihn gedacht. Er scheint es eilig zu haben und sieht anders aus als sonst, was womöglich daran liegt, dass er lockere Freizeitkleidung anstelle seines üblichen Anzugs trägt. Aber er ist es, da bin ich mir sicher.

Das Besteck lasse ich wieder fallen, springe auf und stürme durch den Terrassenausgang, die Stufe hinunter und hinter ihm her. »Horst!«

Auf meinen Ruf hin dreht er sich um und schreckt etwas zurück, als er mich sieht, wartet aber, bis ich ihn erreiche.

Direkt vor ihm halte ich an und betrachte ihn misstrauisch. »Was machst du hier?«

Sein linkes Auge zuckt, wie so oft, wenn er nervös ist. Mein plötzliches Auftauchen hat ihn wohl ordentlich erschreckt. Er mustert mich, bevor er zu einer Antwort ansetzt. »Nicole, da bist du ja. Ich habe schon nach dir gesucht, aber du warst nicht da.«

»Warum? Außerdem hast du mich doch gestern schon gefunden, oder etwa nicht? Ich habe dich doch in Orta San Giulio gesehen. Schleichst du mir etwa hinterher?«

»Was fällt mir ein?«, empört er sich und streicht seine nach hinten gegelten blonden Haare glatt. »Aber warum suche ich dich wohl? Nach deinem Anruf habe ich mir Sorgen gemacht. Nicht, dass Elena sich etwas angetan hat. Also was ist, hast du sie gefunden?«

Erschrocken sehe ich ihn an, aber das kann nicht sein. Elena würde keinen Suizid begehen. Niemals! Rigoros schüttle ich den Kopf. »Um das zu erfahren, bist du extra angereist? Warum hast du mich nicht angerufen?«

»Du hast mir deutlich zu verstehen gegeben, dass es dir keinen Spaß macht, mit mir zu telefonieren. Also bin ich gestern nach unserem Gespräch losgefahren, um selbst herauszufinden, was sie treibt und wo sie steckt.«

»Du machst dir Sorgen um Elena? Das kann ich kaum glauben.«

»Denk nicht so schlecht von mir, Nicole. Es stimmt nicht alles, was sie über mich erzählt. Aber zumindest hast du recht, dass ich noch einen anderen Grund habe«, gibt er überraschend zu. »Ich habe dir gesagt, ich finde Beweise dafür, dass sie einen Lover hat. Wenn sie mit ihm verschwunden ist, ist das die Gelegenheit für mich, endlich daran zu kommen.«

Genervt von diesem Thema verdrehe ich die Augen. »Du meinst also, sie ist einfach mit einem anderen Kerl durchgebrannt? Und das, obwohl wir hier verabredet waren?«

»Das traue ich ihr auf jeden Fall zu!«

»Dann hoffe ich, dass du recht hast, denn dann geht es ihr zumindest gut.« Einen Moment lang überlege ich, ob ich weiterreden soll. Schließlich bin ich auf Elenas Seite und weiß auch, dass Horst ihr Geld abgreifen will. Wahrscheinlich ist er nur hier, weil er sich Sorgen um seinen Anteil macht. Aber so einen kleinen Seitenhieb kann ich ihm ja dennoch verpassen. Außerdem interessiert es mich wirklich. »Ich verstehe trotzdem nicht, warum du ständig von diesen Beweisen redest. Was versprichst du dir davon? Frag deinen Anwalt mal nach dem Zerrüttungsprinzip.«

Horst sieht mich mürrisch an. »Du willst mir sagen, es ist ganz egal, dass sie mich seit Jahren betrügt?«

Diese Scheinheiligkeit ist nicht auszuhalten. »Du solltest dich bei dem Thema besser zurückhalten, denkst du nicht auch?«

»Ich habe nichts getan«, behauptet er tatsächlich. Ein entrüstetes Schnauben entfährt mir, was er mit einer schlichten Handbewegung wegwischt. »Nichts! Im Gegensatz zu ihr, sie geht mir fremd.«

»Ihr seid doch nicht mehr ...«

Meine Erklärung unterbricht er mit einem ungehaltenen Knurren; seine Augen weiten sich und sein Gesicht verzerrt sich vor Verachtung. »Zum Beispiel mit dem da!«

Er deutet zur Seite, von wo aus sich Jan mit Sila nähert. Vor Entsetzen schließe ich die Augen. Das will ich nicht hören!

Sila bellt und Jan pfeift sie von Horst zurück, bevor er sich selbst an ihn wendet. »Was ist mit mir?«

»Tu nicht so!«, raunzt Horst. »Denkst du denn, ich wüsste nicht, dass meine Frau etwas von dir wollte? Schon lange. Und du bist immer so charmant und kommst bei jedem kleinen Hilferuf gleich angelaufen. Glaubst du allen Ernstes, ich hätte euer Verhältnis nicht mitbekommen?«

Sofort wirft Jan mir einen Blick zu. »Wir hatten kein Verhältnis!«

Ich dagegen schaue zwischen den beiden hin und her. Auch wenn ich nichts von Horst halte, noch nie gehalten habe, scheint er doch von seiner Behauptung überzeugt zu sein.

»Ein gut gemeinter Rat, Nicole, um der alten Zeiten willen: Halt dich fern von ihm!« Mit diesen Worten dreht Horst sich um und lässt uns stehen.

Zweifel

Die Zweifel weiten sich aus, sie explodieren regelrecht in meinem Kopf.

Jan und Elena ein Verhältnis? Das würde nicht nur das Foto, sondern auch einige Fragen von Freitag erklären.

Aber was ist mit uns? Was ist das heute gewesen? Eindeutig sind die Annäherungen von Jan ausgegangen. Ich habe ihm keinerlei Zeichen gegeben. Will er mich nur ausnutzen? Ein bisschen Spaß haben? Mit wie vielen Frauen schlendert er wohl die Uferpromenade entlang und geht anschließend mit ihnen auf der Panoramaterrasse schick essen? Mit Elena, mit wer weiß wem, und auch Nedina kommt mir wieder in den Sinn. Natürlich, warum sollte er auch echtes Interesse an mir haben? Gerade an mir. Was habe ich schon zu bieten?

Ich bin so naiv! Damit hat Horst auf jeden Fall recht.

Jan greift nach meiner Hand, doch ich entziehe sie ihm mit einem heftigen Ruck und trete ein Stück zurück. Seinen Arm lässt er wieder sinken und sieht mich entsetzt an; ich dagegen versuche, eine gleichgültige Miene aufzusetzen.

»Bring mich nach Hause!«

»Nicole, lass mich das bitte erklären«, sagt er leise und schluckt sichtbar.

Ich schnaube verächtlich. »Was gibt es denn da zu erklären, wenn ihr kein Verhältnis hattet, wie du behauptest?« Es ist mir neu, dass ich einen so boshaften Tonfall anschlagen kann.

»Zum Beispiel, wie Horst darauf kommt.« Jan nickt in die Richtung, in der Elenas Ex verschwunden ist und fährt sich durch die dunklen Haare. »Außerdem scheinst du ihm zu glauben, und das möchte ich richtigstellen. Ich nehme an, du hörst dir normalerweise beide Seiten an, bevor du dir eine Meinung bildest.«

Damit hat er mich. Frustriert beiße ich die Zähne aufeinander, atme tief durch und blicke ihn direkt an. »Dann erzähl!«

Jan deutet auf eine Bank, aber ich schüttle den Kopf, lehne mich ans Geländer zum See hin und verschränke demonstrativ die Arme.

»Ich hatte kein Verhältnis mit Elena!«, wiederholt er seine Beteuerung und scheint zu überlegen, wie er weitersprechen soll. »Ich habe nie etwas mit ihr gehabt. Aber ja, ich hatte auch das Gefühl, dass sie etwas von mir wollte, zumindest zu Anfang. Nein, eigentlich bin ich mir sicher, denn sie hat mehrfach versucht, mich zu verführen. Ich konnte es jedes Mal abblocken und irgendwann hat es sich zu einem ihrer Spiele entwickelt. Du kennst sie doch. Sie hat sich einen Spaß daraus gemacht, zu sehen, ob ich doch nachgebe. Das habe ich aber nie.«

Meine Gedanken rasen. Elena hat schon immer gern geflirtet und es ist noch mehr geworden, seit Horst ihr auf den Geist gegangen ist. Außerdem, so attraktiv wie

Jan ist, könnte er genau in ihr Beuteschema passen. So weit ist seine Geschichte für mich glaubhaft. Aber dass Elena sogar versucht, ihn zu verführen, obwohl er es angeblich nicht will, damit habe ich Vorstellungsprobleme.

»Das Bild sah anders aus.« Ich zeige auf die Hosentasche, in der Jan üblicherweise sein Handy trägt.

Seine Augen verengen sich, aber er fragt nicht nach, wann oder warum ich es mir angeschaut habe. »Das war rein freundschaftlich. Horst selbst hat es sogar geschossen. Nein, glaub mir: Ich habe mich nie auf sie eingelassen.«

»Warum nicht? Wer kann Elena schon widerstehen? Sie bekommt normalerweise, was sie will.«

»Ich weiß auch, was ich will. Erst recht, was ich nicht will. Für mich bedeutet es noch etwas, wenn jemand verheiratet ist.«

»Die beiden haben sich letztes Jahr getrennt.« Herausfordernd sehe ich ihn an.

»Du kennst meine Einstellung zu erfolgreichen Stadtfrauen.« Jan schüttelt entschieden den Kopf. Damit gibt er mir durch die Blume zu verstehen, dass sein Interesse an mir an meiner Erfolglosigkeit liegt; der Gedanke versetzt mir gleich den nächsten Stich.

Wieder verschränke ich die Arme vor der Brust, auch, um damit meine zitternden Hände zu verstecken. »Dann erzähl mir doch mal, wie ich mir das vorstellen muss.«

»Das ist nicht dein Ernst!«

»Oh doch, ist es. Wenn das alles so harmlos war, wie du behauptest, ist es doch kein Problem, oder?«

»Wie du meinst, aber das rechtfertigst du vor Elena!«
Er atmet tief durch. »Dieses Mal hat sie mich bereits
kurz nach ihrer Ankunft unter einem Vorwand in ihr
Haus *gelockt*. Ich sollte das Bild von Horst abhängen
und das von ihr mittig ausrichten. Das habe ich getan.
Na klar, die Bilder sind viel zu groß für sie, das hätte sie
nie allein geschafft. Außerdem sind wir auch für solche
Anliegen da. Anschließend haben wir zusammen etwas
getrunken, irgendwann hat sie mit ihrem Spielchen angefangen und ist aufdringlich geworden und als es mir
zu bunt wurde, bin ich eben gegangen. Ganz einfach.
Dabei habe ich übrigens den Hammer vergessen, falls
du das als Nächstes fragen willst.« Steile Falten stehen
auf seiner Stirn und die Lippen presst er fest zusammen, während er offensichtlich abwartet, was ich zu
sagen habe.

»Und das soll wahrscheinlich auch erklären, warum
du weißt, wo sie ihr Duschzeug aufbewahrt.«

»Ja, soll es! Ich habe mal den Badezimmerschrank für
sie repariert, ein Regalbrett war heruntergekracht. Mit
einer handwerklichen Niete als Mann muss sie sich
eben anderweitig Hilfe organisieren. – Übrigens würde
ich das auch ohne Bezahlung für meine Nachbarn tun.
Ich weiß ja nicht, ob du so etwas aus der Stadt kennst,
aber hier hilft man sich gegenseitig.« Jan scheint langsam, aber sicher die Geduld zu verlieren.

Kann ich ihm die Geschichte glauben oder versucht
er nur, etwas zu retten? Er wirkt ehrlich auf mich, aber
ich weiß es einfach nicht.

»Warum hast du mir das nicht erzählt?«

Verständnislos schüttelt er den Kopf. »Ich finde, es
wirft kein allzu gutes Licht auf Elena. Du bist ihre

Freundin und ich wollte sie nicht vor dir schlechtmachen. Außerdem, wann sollte ich dir das denn erzählen? Wir haben uns gerade erst kennengelernt.«

»Vielleicht, bevor du mich geküsst hast!«, platzt es aus mir heraus. Gegen meinen Willen rutscht mein Blick zu seinen Lippen und die Erinnerungen an die Momente im Wald überfallen mich. Mein Körper kribbelt und mein Herz klopft mir bis zum Hals, der sich dennoch wie zugeschnürt anfühlt.

Jan tritt an mich heran, den Blick auf meinen Mund gesenkt. »Das würde ich jetzt gern wieder tun!«, knurrt er leise.

Ich weiche am Geländer entlang vor ihm zurück. »Vergiss es! Ich kann doch nicht mit dem Mann knutschen, von dem meine Freundin etwas will.«

Deutlich genervt stöhnt er auf und verdreht die Augen. »Erstens habe ich da auch noch ein Wörtchen mitzureden und zweitens: Was ist mit Marco?«

Ich starre ihn an, damit hat er natürlich recht. An Marco habe ich gar nicht mehr gedacht. Hat Elena Jan womöglich bereits überwunden? Oder ist es für sie wirklich nur ein Spiel gewesen? Aber selbst wenn, solche Versuche unternimmt man nicht bei jemandem, an dem man kein Interesse hat. So gern würde ich mit ihr selbst reden und mir ihre Sichtweise anhören.

»Meinst du, alle für Elena und keiner für dich? Denkst du auch mal an dich selbst?« Jan kommt wieder einen Schritt näher. »Um das deutlich zu machen, falls du es immer noch nicht verstanden hast: Ich will dich!«

Ein Traum, eindeutig! Wer möchte so etwas nicht von einem gutaussehenden Kerl hören, der einem regelmäßig Herzrasen beschert? Genau so ist meine geheime

Vorstellung, und ich würde jetzt nichts lieber tun, als ihm um den Hals zu fallen. Leider stehen diesem Traum hier furchtbar schlechte Umstände gegenüber.

Jan streckt die Hand nach mir aus und wartet auf eine Antwort, mit fragendem, beinah bittendem Blick.

Doch ich kann es nicht tun, ich weiß gar nichts mehr. »Ich muss erst einmal darüber schlafen. Bring mich nach Hause.«

Seine Hand zieht er zurück und senkt leicht den Kopf. Er wirkt ehrlich deprimiert. »Was ist mit dem Essen?«

»Ich habe keinen Hunger mehr.«

»Dann gehe ich die Rechnung bezahlen«, sagt er und wendet sich ab. »Immerhin ist es dieses Mal nicht mein Essen, das du ignorierst.«

***

Der romantische Abend ist hinüber und die Stimmung zwischen uns erdrückend. Wortlos laufen wir zum Wagen, den wir bei der Unfallstelle zurückgelassen haben. Dabei achte ich auf ausreichend Abstand zu Jan, um ihn nicht versehentlich zu berühren, was er sonst womöglich als ein Zeichen verstehen könnte und wofür ich nicht bereit bin.

Irgendwann durchbricht Jan das Schweigen. »Für Horst ist es doch praktischer, wenn Elena tot ist.«

Ich zucke zusammen. »Sag sowas nicht!«

»Ich kenne ja die Hintergründe nicht so genau, aber hatte immer den Eindruck, dass sie allein das Geld verdient und er nur ein Aufschneider ist.«

»Das stimmt. Elena besitzt schon von Haus aus viel Geld und verdient natürlich auch enorm. Wie man das eben von einer erfolgreichen Staranwältin erwartet.«

»Und dann heiratet sie einen Vollpfosten«, murmelt Jan.

»Das habe ich auch nicht verstanden. Horst hat sein gesamtes Geld an der Börse verprasst und mittlerweile auch einen Teil von Elenas Vermögen, bis sie letztes Jahr die Reißleine gezogen und ihn vor die Tür gesetzt hat.«

»Also hat er womöglich auch noch Schulden abzubezahlen?«

»Keine Ahnung. Sie hat mir nur erzählt, dass er einen großen Anteil von ihrem Geld abhaben will. Deswegen sucht er ständig nach etwas, um sie zu belasten. Doch abgesehen davon, dass ihm das voraussichtlich nichts bringen würde, gibt es auch noch einen Ehevertrag.«

Nach einem Moment Ruhe räuspert sich Jan. »Wenn sie tot ist, bekommt er alles.«

»Jan!« Erneut blicke ich ihn entsetzt an.

»Entschuldige«, murmelt er und öffnet seinen Wagen, den wir soeben erreichen.

Ein paar Minuten später nähern wir uns Elenas Einfahrt, doch Jan reduziert nicht die Geschwindigkeit des Pick-ups. So wie es aussieht, will er geradewegs zu seiner Garage durchfahren und dann würde uns eine peinliche Verabschiedung bevorstehen.

»Lass mich direkt hier raus«, sage ich schnell.

Ohne zu widersprechen, befolgt er meinen Wunsch und hält den Wagen an. »Also hole ich dich morgen früh ab? Oder ist dir das nicht mehr recht? Willst du die Suche auf sich beruhen lassen?«

»Natürlich nicht.« Ich schnalle mich ab, schiebe Silas Kopf von meinem Schoß und öffne die Wagentür. »In Ordnung, dann bis morgen früh. Gute Nacht, ihr beiden.« Schnell steige ich aus und laufe zum Ferienhaus.

Erst als ich eintrete, höre ich Jan weiterfahren. Es ist schön, zu wissen, dass er auf mich aufpasst. Doch ich brauche jetzt meine Ruhe. Ich muss über alles nachdenken!

Hoffnung

Das Hupen vorm Haus beschert mir Herzrasen. Ich bin viel zu spät dran, da ich bereits mit Elenas Kanzlei telefoniert habe, in der sie ebenfalls seit Tagen auf einen Rückruf von ihr warten und mir auch nichts Neues haben mitteilen können. Leider hat mich das nicht überrascht, aber sobald Elena sich meldet, werden sie ihr ausrichten, dass sie mich anrufen soll. Als Nächstes habe ich, und das ist das Wichtigste am heutigen Montagmorgen, die Erkundigungen wegen der Vermisstenanzeige eingezogen und anschließend Kyra losgeschickt. Sie wird das gleich in München erledigen. Als dritten Punkt habe ich bei der Autoversicherung anrufen wollen, das muss ich nun erneut verschieben.

Dennoch bin ich zufrieden damit, was ich schon alles geschafft habe, und das nach so einer grausigen Nacht, die ich diesmal wieder ganz allein verbracht habe. Das Wissen um einen Mörder, der draußen irgendwo herumschleicht, hat mich kaum ein Auge schließen lassen und außerdem davon abgehalten, vernünftig über die Situation mit Jan nachzudenken. Irgendwann habe ich aufgegeben und entschieden, mich zunächst ausschließlich auf die Suche nach Elena zu konzentrieren.

Aber ich bin nicht sicher, ob ich das durchhalte. Ständig muss ich an das warme Gefühl denken, das seine Zuneigungsbekundungen in mir ausgelöst haben; an unseren Kuss im Wald und an seine Worte. Jedes Mal macht mein Herz dabei einen Satz – gefolgt von der Ernüchterung, wenn sein Blick wieder vor mir erscheint, als ich ihn quasi abgewiesen habe. Alles in allem steigert die Aussicht darauf, Jan gleich wiederzutreffen, meine Aufregung enorm.

Es hupt erneut, diesmal etwas länger. Eilig schnappe ich mir meine Sachen und renne hinaus zur Einfahrt, wo Jan in seinem Wagen auf mich wartet.

Zur Beruhigung atme ich noch einmal tief durch und öffne die Beifahrertür. Mein Morgengruß geht in der überschwänglichen Begrüßung durch Sila unter, die mir offenbar lieber auf den Arm springen anstatt mich einsteigen lassen will. Nur mit Jans Hilfe, der sie kurz zu sich holt, klappt es doch. Nun, das hat zumindest die Anspannung ein wenig genommen.

Lachend wende ich mich Jan zu, der heute Morgen wesentlich fitter aussieht als noch gestern Abend. »Geschafft. Wir können.«

Jan nickt schmunzelnd und mustert mich, womöglich, um meine eigentliche Stimmung zu erkunden. Sein Blick wird kritisch. »Die Schuhe sind okay, aber wo ist deine Jacke?«

»Hier?«, sage ich verwirrt und halte mein Jäckchen hoch, das ich auf den Beinen abgelegt habe.

»Die hält dich nicht warm.« Unwirsch schüttelt er den Kopf. »Hol dir eine andere.«

»Aber ich habe keine andere dabei.«

»Ohne vernünftige Jacke nehme ich dich nicht mit. Das tue ich mir nicht an«, sagt er entschieden. »Leih dir eine von Elena aus. Die wird wohl welche haben.«

»Hat sie bestimmt, aber das kann ich nicht machen. Ich kann mir nicht einfach eine Jacke von ihr nehmen, ohne zu fragen.«

»Mensch, du bist doch auf der Suche nach ihr. Außerdem ist sie deine Freundin. Und so, wie ich sie kenne, ohne dass du da jetzt wieder irgendetwas hineininterpretieren musst, hat sie mit Sicherheit nichts dagegen, wenn du sie dir nimmst.«

Den kleinen Hieb versuche ich zu ignorieren. »Das mag ja sein, aber ich möchte das nicht. Was ist, wenn ich sie kaputt mache? Die kann ich ihr doch niemals ersetzen. – Wofür brauche ich die überhaupt? Es geht doch bestimmt auch mit meiner Jacke.« Wieder halte ich sie hoch.

»Nein!«

Frustriert stöhne ich auf. »Leihst du mir eine aus? Bitte«, frage ich, da mir ansonsten keine andere Möglichkeit einfällt. Und wenn er mich schon so mit seiner Sturheit quält, kann er zumindest helfen, das Problem zu lösen.

Ich glaube, Jan fallen gleich die Augen aus dem Kopf, so abschätzig sieht er mich an. »Ist das dein Ernst?«

»Ja.«

»Du willst lieber eine Männerjacke anziehen, die dir meilenweit zu groß ist, als eine schicke Jacke von deiner Freundin? Nimm es mir nicht übel, aber du weißt schon, dass du darin selten dämlich aussehen wirst?«

»Ja, bitte.« Auch den Stich, den das *dämlich* verursacht, ignoriere ich und presse entschlossen die Lippen zusammen.

»Ich glaub es nicht«, murmelt Jan und legt den Rückwärtsgang ein.

Im Nu fährt er die Strecke zu seinem Grundstück zurück, springt aus dem Wagen und läuft auf sein Haus zu. Kurz darauf erscheint er wieder mit einer dunklen Jacke überm Arm, steigt ein und endlich fahren wir los.

***

Zehn Minuten später biegen wir in Césara auf einen Parkplatz ein. Laut Jan ist das der geplante Treffpunkt von Elena und Marco und außerdem der übliche Startpunkt zu einer Wanderroute auf den Monte Mazzone. Es stehen nur wenige Fahrzeuge hier, sodass ich den silbernen Sportwagen am anderen Ende auf Anhieb sehe.

»Dort!« Aufgeregt zeige ich auf das Auto und kann es kaum erwarten, bis Jan direkt daneben parkt und den Motor abstellt.

Sofort springe ich aus dem Wagen und renne zum Nummernschild des Coupés. Es ist Elenas! Ich rase weiter zur Fahrertür und blicke hinein. Unordnung, wie immer. Aber keine Elena. Meine Hand zittert, als ich nach dem Griff packe und versuche, die Tür zu öffnen. Sie ist zugesperrt.

Über das Autodach hinweg sehe ich Jan fragend an, der auf der anderen Seite den gleichen Versuch unternommen hat. Er schüttelt den Kopf, geht vor zur Motorhaube und legt seine Hand darauf ab. »Kalt.« Er bückt sich und kommt wieder hoch. »Räder und Bremsen auch. Der Wagen steht schon länger hier.«

Ich verziehe das Gesicht und blicke mich auf dem Parkplatz um. Er ist menschenleer, weit und breit nichts von Elena zu sehen. »Was machen wir jetzt? Sollen wir die Polizei rufen?«

»Und was willst du ihnen sagen? Die werden davon ausgehen, dass Elena auf dem Berg ist.«

»Aber so lang?«

Jan zuckt mit den Schultern. »Vielleicht macht sie eine Hüttentour.« Mit einer ausschweifenden Handbewegung kennzeichnet er die Gebirgskette weit über uns.

»Die macht sie nicht. Sie wusste doch, dass ich komme.«

»Ja, uns ist das klar. Den Carabinieri aber nicht. Nur weil der Wagen hier steht, ist das für sie immer noch kein Grund, nach ihr zu suchen. Und sie haben dir ja schon gesagt, dass du die Vermisstenanzeige zu Hause aufgeben sollst. Solang sie hier keine Anzeichen für ein Verbrechen sehen, unternehmen sie bestimmt nichts.«

»Siehst du Anzeichen?« Ich gehe um den Wagen herum und suche ihn nach Auffälligkeiten ab, doch er sieht aus wie immer.

»Nein«, bestätigt Jan meine Annahme, der soeben erfolglos versucht, den Kofferraum zu öffnen.

»Also lassen wir das Auto hier stehen und machen einfach nichts? Das ist doch nicht richtig. Wir haben endlich eine Spur! Elena muss hier irgendwo sein. Die Polizei kann doch sicher herausfinden, wann sie das Auto abgestellt hat und wo sie hingegangen ist.«

»Du siehst zu viel Fernsehen, Nicole. Dann könnte doch fast jedes Verbrechen aufgeklärt werden.«

»Aber vielleicht gibt es eine Videoüberwachung?«

Jan legt die Stirn in Falten und zeigt in Richtung des Ortes. »Unwahrscheinlich. Aber ich werde mich mal etwas umhören. Warte hier bei Sila.« Ich nicke und schon marschiert er über den Parkplatz davon auf die nächsten Häuser zu.

Mit einem Gefühl von Hoffnung blicke ich ihm hinterher. Elena ist hier gewesen und wir werden sie finden! Beinah beschwingt setze ich mich wieder zu Sila ins Auto, kraule ihr den Kopf und atme tief durch. Außerdem haben Jan und ich den ersten Kontakt seit seinem Geständnis überstanden. Vielleicht schaffe ich es tatsächlich, alles zu ignorieren. Aber eben allein schon, ihn neben mir zu riechen, seine tiefe Stimme zu hören, seine Anwesenheit zu spüren ... Vielleicht schaffe ich es doch nicht.

Die Fahrertür wird aufgerissen und ich schrecke zusammen. Jan setzt sich zu uns. »Niemand will etwas gesehen haben und eine Videoüberwachung gibt es hier im Ort auch nicht.«

»Schade«, sage ich und versuche, mir meine neu gewonnene Hoffnung nicht nehmen zu lassen. »Dann laufen wir jetzt auf den Berg!«

Jan nickt. »Wie fit bist du? Wir sind ein paar Stunden unterwegs.«

Knoten im Kopf

Der Wanderweg führt aus Césara heraus durch den Wald und über Wiesen, die das erste satte Grün des Jahres annehmen, und ist dabei erstaunlich flach. Erst nach einer Weile wird er steiler und anspruchsvoller.

»Jan!«, rufe ich.

Er schaut sich um und verlangsamt seine Schritte, damit ich zu ihm aufschließe. »Kannst du etwa schon nicht mehr? Hätten wir auf der Alm eine Pause einlegen sollen?«

»Nein, Quatsch, das geht schon«, beteuere ich schnell und reiße mich zusammen. Eigentlich wollte ich ihn bitten, etwas langsamer zu laufen, doch ich werde mir vor ihm keine Schwäche geben, denn er atmet noch nicht einmal schwerer als normal. »Ich frage mich nur, wie wir hier jemanden finden sollen.«

»Das weiß ich auch nicht. Wir gehen die beiden üblichen Routen, also quasi eine Rundtour und achten auf alles, was uns auffällt. Eine bessere Idee habe ich nicht. Du?«

Ich schüttle den Kopf.

Schon seit wir losmarschiert sind, schaue ich mich immer wieder in alle Richtungen um. Bisher hat sich jede Auffälligkeit als weggeworfener Müll von irgendwelchen Idioten herausgestellt. Für so etwas habe ich null Verständnis.

»Woher kennst du eigentlich Elena? Warum seid ihr befreundet?«, fragt Jan plötzlich. »Ich meine, ihr seid schon sehr verschieden.«

»Von der Arbeit«, antworte ich und denke zurück an das Kennenlernen vor vielen Jahren. »Wir haben damals zusammen in derselben Kanzlei gearbeitet. Elena als Anwältin und ich als Rechtsanwalts- und Notargehilfin. Das war noch, bevor sie so erfolgreich und dadurch bekannt geworden ist und ihre eigene Kanzlei eröffnet hat.«

»Und du bist dann zurückgeblieben?«

»Ja. Elena hat mich zwar gefragt, ob ich mitgehe und mir sogar mehr Geld angeboten, aber ich wollte unsere Freundschaft nicht ausnutzen und damit womöglich aufs Spiel setzen.« Ich muss lachen. »Bis heute fragt sie immer wieder und ist jedes Mal sauer, wenn ich Nein sage. Aber allein schon wegen meines Chefs werde ich es nicht tun, dafür habe ich ihm zu viel zu verdanken.«

»Warum das?« Jan scheint an meiner Geschichte ehrlich interessiert zu sein, er betrachtet mich von der Seite.

»Ich bin früh schwanger geworden und … na ja, wie schon gesagt, war ich kurz darauf alleinerziehend, da stand der Beruf bei mir eben hintenan. Mein Chef hatte immer Verständnis und dafür bin ich ihm wirklich dankbar. Ohne ihn hätte ich das alles nicht unter einen Hut gekriegt. Also kann ich nicht einfach gehen und ihn sitzen lassen.«

Jan nickt und wirkt dabei nachdenklich. »Kyra ist neunzehn, hast du gesagt, oder?«

»Ja.« Den Themenwechsel finde ich zwar seltsam, aber es freut mich, dass er sich tatsächlich dieses Detail gemerkt hat.

»Also liegt das alles schon lang zurück«, stellt er fest und sieht mich ernst an. »Dankbarkeit hin oder her, irgendwann muss man auch mal an sich selbst denken und tun, was gut für einen ist. Für mich hört sich das so an, als ob du auch hier mehr an andere als an dich selbst denkst.«

Mir wird heiß bei seinen Worten. »Mag sein«, gebe ich widerwillig zu.

Eine Anordnung von Felsen umrunde ich im extra großen Bogen, um die Unterhaltung zu beenden; sie schlägt meiner Meinung nach eindeutig die verkehrte Richtung ein.

Ich will mich nicht belehren lassen, wie falsch meine Entscheidungen sind. Auch wenn er recht haben mag mit seinen Worten, heute genauso wie gestern Abend, aber das ist mein Ding, mein Leben. Er kann nicht daherkommen und alles kritisieren, was ich denke und tue. So bin ich nun einmal. Ich stehe zu den Menschen, die mir wichtig sind, und mein Chef hat sich meine Loyalität verdient. Ebenso ist es für mich Ehrensache, mit keinem Mann etwas anzufangen, an dem meine Freundin interessiert ist. Auch wenn es schmerzhaft sein sollte, aber so gehört sich das. Es ist schon schlimm genug, dass ich Elena niemals etwas von Horsts übergriffigem Annäherungsversuch mir gegenüber erzählt habe. Das schlechte Gewissen deswegen verfolgt mich selbst heute noch. Also Ende des Themas.

Eine drückende Stille breitet sich aus; zwischen Jan und mir, allerdings nicht in meinem Kopf. Dort herrscht das reinste Chaos und ich denke weiter über meine Prinzipien nach, mit denen ich all die Jahre gut gefahren bin. Eben die, von denen Jan nun verlangt, sie über Bord zu werfen.

Sind sie denn in diesem Fall auch wirklich angebracht? Elena hat womöglich einmal Interesse an Jan gehabt, aber sich mittlerweile anderweitig orientiert, wie ihr Date mit Marco beweist; ob mehr oder weniger erfolgreich, sei außen vor gelassen. Jan interessiert sich seiner eigenen Aussage nach nicht für Elena und wird auch nichts mit ihr anfangen, selbst wenn ich auf ihn verzichte.

Ist meine Einstellung dann nicht übertrieben? Ich bleibe allein, um meine Freundin keinesfalls zu verletzen. Jan bleibt allein, weil er nicht Elena, sondern mich will. Am Ende sind alle unglücklich, außer Elena, die sich bereits jemand anderen sucht.

Ich schüttle den Kopf, meine Gedanken machen mich noch ganz verrückt.

Warum kann nicht Elena kommen und mir sagen, dass es vollkommen in Ordnung für sie ist, wenn ich mich auf Jan einlasse? Ich muss einfach mit ihr sprechen. Aber was ist, wenn wir sie nicht finden? Wenn sie mir ihre *Erlaubnis* nicht geben kann, weil sie verschwunden bleibt?

Wütend stöhne ich auf und trete einen Stein aus dem Weg. Ich glaube, ich habe einen Knoten im Kopf. Grimmig sehe ich zu Jan hinüber. Er runzelt die Stirn, lässt mich aber in Ruhe. Offenbar ist ihm klar, dass es nicht der richtige Zeitpunkt für eine weitere Diskussion ist.

Schweigend gehen wir den immer steiler werdenden Pfad entlang.

Mein Keuchen kann ich nur noch mühsam unterdrücken und bin kurz davor, Jan doch darum zu bitten, etwas langsamer zu laufen, als sich vor uns die Landschaft öffnet. Bei dem Ausblick auf die umliegenden Berge bleibe ich unvermittelt stehen, um ihn zu genießen – und heimlich durchzuschnaufen.

Jan marschiert weiter und blickt nur kurz über die Schulter. »Doch eine Pause?«

»Nein, schon okay. Ich wollte mir das nur mal anschauen.«

»Gleich kommt noch eine bessere Stelle, da kannst du dich auch hinsetzen. Nur noch ein paar Kurven.«

»Okay.« Entschlossen stapfe ich ihm hinterher, die Perspektive auf eine von ihm geplante Pause gibt mir wieder Kraft. Das hier ist etwas ganz anderes, als in München von der Tram bis ins Büro zu laufen.

Ein Stein rutscht unter meinem Schuh weg und ich stolpere vorwärts. Den Sturz kann ich noch eben so verhindern, aber der Schreck sitzt tief. Ich halte einen Moment inne und blicke zittrig den steilen Hang neben mir hinunter. Das hätte ein böses Ende nehmen können.

Jan hat mein Missgeschick zum Glück nicht mitbekommen, er ist schon um die nächste Kurve verschwunden. Sobald auch ich sie umrunde, sehe ich ihn auf einer Bank sitzen. Sila liegt ausgestreckt vor ihm auf dem Boden, den Kopf auf den Vorderbeinen abgelegt.

»Gibt es hier eine Bergrettung?« Ich ziehe den Rucksack ab, hole meine Wasserflasche heraus und setze mich zu den beiden.

»Sicher. Warum fragst du? Hast du Sorge, dass wir abstürzen oder wegen Elena?«

»Beides, aber eigentlich wegen Elena. Vielleicht hatte sie tatsächlich einen Unfall.«

»Die Bergrettung wird nicht viel nützen, solang sie nicht wissen, wo in etwa sie suchen sollen. Wie du schon gesagt hast, wie soll man hier jemanden finden?«

Ich stöhne frustriert und nehme einen ausgiebigen Schluck aus meiner Flasche. Das Wasser tut mir gut und klärt meinen Kopf.

Jan lehnt sich zurück, schließt die Augen und scheint die Sonne zu genießen.

Ich tue es ihm gleich, doch anstatt die Augen zu schließen, betrachte ich die Aussicht. Er hat recht, sie ist sogar noch besser als die von eben. Über Baumkronen hinweg blicke ich weit ins Land hinein und fühle mich dennoch klein dabei, vielleicht auch gerade deswegen. Es ist einfach umwerfend hier.

Nur der Wind bläst mir ständig die Haare vors Gesicht. Das nervt etwas. Außerdem kühlt mein erhitzter Körper mit der nun fehlenden Bewegung ab und ich fange an zu frösteln. Die besten Voraussetzungen, um krank zu werden.

Also stehe ich auf, greife nach Jans Jacke, die ich bisher überm Arm mit nach oben getragen habe, und ziehe sie an. Ich sollte ihm dankbar sein, dass er darauf bestanden hat, denn so ist es viel besser. Sofort fühle ich mich mollig eingehüllt – und von seinem Geruch umgeben. Mit geschlossenen Augen atme ich tief durch und nehme ihn in mich auf.

Allerdings könnte ich auch das Original genießen. Ich drehe mich um, um mich wieder neben Jan auf die Bank zu setzen und stelle fest, dass er mich schmunzelnd beobachtet.

»Interessant. Die steht dir besser als erwartet.«

»Danke«, murmle ich verschämt und spüre, wie mir Hitze ins Gesicht schießt. Ich weiß nicht, wohin ich schauen soll, daher setze ich mich nicht wie geplant neben ihn, sondern gehe zum Rand des Aussichtspunktes und betrachte den See weit unter uns, der wie versteckt in dem Tal liegt.

Aber meine Güte, was mache ich hier schon wieder? Ich bin das so leid! Jan hat recht, wenn er sagt, ich soll an mich selbst denken und tun, was gut für mich ist. Ist es gut für mich, dass ich peinlich berührt in der Ecke stehe, auch wenn diese Ecke eine geniale Aussicht beinhaltet? Ist es gut für mich, wenn ich jetzt vor lauter Rücksicht auf Elenas potenzielle Gefühle nicht einfach auf seinen Spruch eingehe? Es ist doch eindeutig, was ich will. Auch wenn ich noch so sehr versuche, es zu ignorieren. Plötzlich ist mir alles klar.

Wütend über mich selbst drehe ich mich um, stapfe die paar Schritte zu Jan hinüber und baue mich vor ihm auf. Die Hände stemme ich in die Seiten und funkle ihn an.

Er zieht die Brauen in die Höhe, setzt sich aufrecht hin und hebt ergeben die Arme. »Ich habe nichts getan.«

»Du hattest niemals etwas mit Elena?«, presse ich hervor.

Mit der Frage scheint er nicht mehr gerechnet zu haben, denn die Überraschung steht ihm ins Gesicht geschrieben. Dennoch antwortet er prompt: »Nein!«

»Du willst auch nichts von ihr?«

»Nein!«

»Willst du mich immer noch?«

Jans Pupillen weiten sich, den Kopf legt er leicht schief. »Ja!«

»Darf ich mich setzen?«

»Natürlich«, antwortet er mit einem Nicken und senkt seine Arme wieder.

Ich überbrücke die restliche Distanz, überlege es mir aber im letzten Moment anders und setze mich nicht neben Jan, sondern einfach breitbeinig auf seinen Schoß, das Gesicht ihm zugewandt und die Knie auf der Bank. Er reißt die Augen auf, wie ich zufrieden zur Kenntnis nehme. Die Unterarme lege ich auf seinen Schultern ab, greife in seine wuscheligen Haare und beuge mich über ihn. Ohne Zögern presse ich meine Lippen auf seinen Mund. Er wehrt sich nicht, ganz im Gegenteil. Jan lässt sich augenblicklich auf den Kuss ein und vertieft ihn. Ich rücke noch näher an seinen Körper heran und spüre auch schon seine starken Arme, die mich fest umschlingen.

Wir küssen uns, wie ich schon lang niemanden mehr geküsst habe. Vielleicht auch noch nie. Ganz sicher noch nie. Jan schmeckt so gut, riecht so gut, er fühlt sich perfekt an und löst eine Hitze in mir aus, dass ich alles um mich herum vergesse. Jan ist einfach unvergleichlich. Oh Gott, ich habe eine Ameisenarmee im Bauch. Mein Körper kribbelt und ich möchte, dass dieser Moment hier oben am Monte Mazzone niemals endet.

Deswegen will ich auch das Klingeln nicht wahrhaben, das hartnäckig aus Jans Hosentasche ertönt. Nur widerwillig beenden wir den Kuss und ich klettere von ihm herunter, damit er sein Handy herauskramen kann.

»Es könnte wichtig sein.« Jan nimmt den Anruf grinsend und mit funkelnden Augen entgegen. »Pronto.«

Mit einem Mal ändert sich seine Miene, auch seine Stimme klingt aufgeregt. Er steht auf und läuft hin und her. Obwohl ich den Inhalt des Gesprächs nicht verstehe, möchte ich wetten, es handelt sich um schlechte Nachrichten. Besorgt warte ich, bis er das Telefonat endlich beendet.

»Was ist passiert?«

Jan sieht mich an und sagt erst einmal nichts, dann atmet er tief durch. »Das war Enrico. Es gab schon wieder einen Einbruch, dieses Mal in mein Büro. Die Tür wurde aufgebrochen und alle Unterlagen durchwühlt.«

»Oh nein!« Entsetzt starre ich ihn an. »Was gibt es denn bei dir zu holen? Wurde etwas gestohlen?«

»Auf jeden Fall haben wir kein Bargeld da. Ich habe keine Vorstellung, was sie wollten. Enrico konnte mir noch nichts sagen. Er hat natürlich nichts angepackt und ruft jetzt erst einmal die Carabinieri.«

»Dann müssen wir sofort zurück.«

»Wir sind schon auf dem Rückweg, auch wenn wir den Gipfel erst in einer Stunde erreichen. Bisher sind wir den längeren Weg der Schleife gelaufen, gleich geht es den direkten Weg wieder runter. Ich schätze, in drei Stunden könnte ich zurück sein.« Jan tippt auf seinem Handy herum und hält es sich erneut ans Ohr. Kurz drauf steckt er es knurrend weg. »Pietro ist immer noch

nicht zu erreichen, Enrico hat auch nichts von ihm gehört. Der kann was erleben!« Er nickt mir auffordernd
zu. »Können wir los?«

Achtung, Chef!

Knapp eine Stunde später liegt der Gipfel des Monte Mazzone vor uns. Einen Wanderweg bis ganz nach oben gibt es nicht, wir laufen quer durch den Wald und sind damit nicht die Einzigen. Eine Familie mit zwei Jugendlichen macht sich soeben an den Abstieg. Jan geht zu ihnen hinüber, um nach Elena zu fragen. Ich laufe allerdings im Schneckentempo weiter, denn wenn ich jetzt anhalte, schaffe ich womöglich den Rest des Anstiegs nicht mehr. Die letzten Meter krieche ich regelrecht hinauf, mit dem Blick das Gipfelkreuz fixierend, um mich gedanklich daran hochzuziehen.

»Da ist ein Gnom«, keuche ich erstaunt und deute unter das Holzkreuz. Mit wem auch immer ich hier spreche.

Sila kommt angeflitzt, scheint meinem Fingerzeig zu folgen und schnüffelt an der Figur. Ein paarmal atme ich tief durch, die Hände auf die Beine gestützt und richte mich dann auf.

Wow! Wenn ich vorhin schon begeistert von der Aussicht gewesen bin, diese hier zwischen den kahlen Bäumen hindurch übertrifft noch einmal alles. Berge. Täler. Der Lago d'Orta. Glitzernd präsentiert er sich in der

Sonne und rechtfertigt allein mit diesem Anblick die Anstrengungen des Aufstiegs. Meinen Rucksack lasse ich zu Boden gleiten und nehme still alles in mich auf. Die Schönheit und Ruhe der Natur ebenso wie die Aussichtslosigkeit unserer Suche.

Hinter mir höre ich Geräusche und drehe mich um. Jan stößt zu uns, schüttelt kurz den Kopf und versorgt Sila mit Wasser, bevor er sich auf einen Stein setzt. Ich mache es mir neben ihm gemütlich, er legt einen Arm um mich und ich schmiege meinen Kopf an ihn. So sitzen wir hier und blicken schweigend in die Ferne. Wie froh ich bin, endlich einmal darauf gehört zu haben, was ich wirklich will.

»Sag mal, gibt es hier eigentlich auch Bären?«, frage ich irgendwann. Keine Ahnung, wie ich darauf komme, wahrscheinlich ist es der viele Wald.

»Na klar, es ist zwar noch recht früh im Jahr, aber so ein paar bekommst du schon. Natürlich nicht die Auswahl, die du aus dem Supermarkt in der Stadt gewohnt sein wirst.«

Leicht irritiert starre ich Jan an. »Nicht Beeren, ich rede von Bären. Die waren doch vor Kurzem erst in den Nachrichten. War das nicht hier in der Gegend?«

»Ah! Nein, nicht hier«, sagt er grinsend. »Aber auch nicht weit weg. Womöglich kann sich schon mal einer hierher verirren.«

Unruhig blicke ich umher. »Das wollte ich jetzt nicht hören.«

»Dann frag nicht.«

»Du weißt genau, was ich meine«, schimpfe ich. »Du hättest ja auch sagen können, dass du mich selbstverständlich vor ihm beschützt.«

Jan lacht. »Vor einem Bären? Ich bin beeindruckt von deinem Vertrauen in mich.«

***

Natürlich schaue ich mich auch auf dem Rückweg in alle Richtungen um und suche nach Hinweisen auf Elena. Jan wirkt recht angespannt und legt wieder ein ordentliches Tempo vor. Ich gerate sogar bergab außer Puste.

»Mir ist klar, dass du es eilig hast, Jan. Das kann ich auch verstehen. Aber machen wir trotzdem eine kleine Pause?«

»Entschuldige.« Er sieht mich an und wirkt, als habe ich ihn aus einer anderen Welt zurückgeholt. »Natürlich, das können wir machen. Sofort oder schaffst du es noch bis zum Aussichtspunkt?«

»Wenn es nicht mehr allzu weit ist und es dort eine Bank gibt, würde ich den Aussichtspunkt wählen.«

»Okay.« Grinsend streckt er den Arm aus und deutet eine kleine Verbeugung an. »Dann nehmen wir doch die Stelle hier.«

Ich ziehe eine Schnute und marschiere auf den erhöhten Vorsprung mit der Bank zu, der mir wahrscheinlich erst beim Vorbeilaufen aufgefallen wäre.

Stöhnend lasse ich mich auf die Bank fallen und krame mein Wasser aus dem Rucksack. Die Flasche ist fast leer, aber wir sind ja bald unten.

Jan setzt sich neben mich und Sila läuft schnüffelnd umher. Die unruhige Stimmung ihres Herrchens hat sich wohl auf sie übertragen, denn sonst legt sie sich immer zu uns.

»Meinst du, es waren dieselben Einbrecher wie bei den Ferienhäusern?« Die Frage spukt mir schon die ganze Zeit durch den Kopf. »Irgendwie hat es sich anders angehört, was du gesagt hast.«

Jan zuckt mit den Schultern. »Das mit der Tür und dem Chaos finde ich auch merkwürdig. Ich werde mal bei Enrico nachfragen, ob es schon etwas Neues gibt. Aber vorher ...« Er greift nach seinem Handy, wählt und hält es sich ans Ohr. »... rufe ich nochmal bei Pietro an.«

Wieder höre ich den Rufton und mit einem Mal auch ein schrilles Klingeln ganz in der Nähe. Verwirrt schaue ich mich um. Es scheint von einer Stelle nah der Kante des Vorsprungs zu kommen, die Sila schon eine Weile beschnüffelt und nun aufmerksam betrachtet.

Rasch stehe ich auf und gehe hinüber zu ihr, das Klingeln wird mit jedem Schritt lauter und führt mich bis zu einem dichten Gestrüpp. Vorsichtig schiebe ich es auseinander und sehe tatsächlich ein Handy vor mir liegen. Es klingelt.

Ich blicke zu Jan, der sein eigenes Telefon herunternimmt und mit einem Tippen den Anruf beendet. Auch das Handy auf dem Boden stellt sein Klingeln ein. Ich hebe es auf und drehe es in alle Richtungen. Es scheint ein neueres Modell zu sein und hat noch keine Macken; leider auch keine Kennzeichnung, wem es gehört.

»Ruf noch einmal an«, bitte ich Jan.

Er folgt meiner Aufforderung und stellt sich neben mich, um ebenfalls einen Blick auf das gefundene Telefon zu werfen, das wie vermutet wieder anfängt zu klingeln. Auf der Anzeige ist *Attenzione Capo* zu lesen.

»Was bedeutet das?«, frage ich und zeige auf den Schriftzug.

»Das heißt *Achtung, Chef!*« Ein amüsiertes Grinsen erscheint auf Jans Gesicht, verschwindet aber gleich wieder, als er sich suchend umblickt. »Es scheint wirklich Pietros Handy zu sein.«

»Was kann er denn hier gewollt haben? Ist er öfters hier oben?« Das Gebüsch schiebe ich noch einmal auseinander und kontrolliere, ob dort weitere Dinge liegen. Es ist nichts zu sehen.

»Keine Ahnung. Vielleicht hatte er ein Date. Er wird einen Ausflug hierher gemacht und es dabei verloren haben. Das würde auch erklären, warum er seit gestern nicht ans Telefon geht. Am besten frage ich Enrico, ob er inzwischen aufgetaucht ist.« Jan wählt und nimmt sein Handy wieder ans Ohr.

Ich schaue mich in der Zwischenzeit weiter um und vergrößere dabei den Radius um das Gebüsch. Am Rand des kleinen Aussichtspunktes angekommen, blicke ich hinunter. Ganz schön tief und sehr steil, mir wird beinah schwindelig. Ich will wieder zurücktreten, um nicht aus Versehen abzurutschen, als mich etwas stutzen lässt. Die Augen kneife ich zusammen und blicke noch einmal genauer hin.

»Jan!« Mein Ruf hört sich noch ganz ruhig an, aber schon setzt die Panik ein. »Jan!«

Ich knie mich auf den steinigen Boden, um sicherer in die Tiefe schauen zu können. Gewiss dreißig, fünfunddreißig Meter unter uns im Gebüsch liegt etwas. Kein Müll, wie unterwegs, den würde ich von hier sicher nicht erkennen. Viel größer und es sieht aus wie …

»Ist das ein Mensch?«, fragt Jan neben mir. Er hockt sich ebenfalls hin.

»Ich glaube, zwei«, hauche ich entsetzt. Mit zittriger Hand deute ich auf die beiden Silhouetten, die Farbflecke in dem ganzen Grün dort unten bilden und sich damit deutlich von der Umgebung abheben. Sie sind regungslos, die Körperhaltungen erscheinen mir grotesk. »Ich sehe keinen Weg. Sind sie abgestürzt?«

»Wahrscheinlich.« Jan atmet schwer aus.

»Du musst Hilfe rufen!« Ich versuche wirklich, die Panik nicht Oberhand gewinnen zu lassen, aber meine Stimme hört sich unnatürlich schrill an.

Jan richtet sich bereits wieder auf, greift nach seinem Telefon und tippt darauf herum. Auch seine Hand zittert leicht. Aufgeregt läuft er hin und her und tritt immer wieder an die Kante des Aussichtspunktes heran, während er mit jemanden am anderen Ende der Leitung spricht. Mir ist ganz heiß und schwindlig. Vorsichtig krieche ich vom Rand zurück und erhebe mich, als er das Gespräch beendet, zu mir kommt und mich in den Arm nimmt.

»Meinst du, das ist Pietro?«, frage ich zitternd.

»Gut möglich, wenn sein Handy hier oben gelegen hat. Erkennen kann ich nichts«, antwortet Jan, löst sich wieder von mir und blickt noch einmal in die Tiefe. »Die Bergrettung ist auf dem Weg und die Carabinieri werden auch informiert.«

»Wie lang brauchen die? Darauf können wir nicht warten. Wir müssen sofort darunter und Erste Hilfe leisten. Vielleicht leben sie noch.«

»Du hast recht. Komm!« Jan greift nach meiner Hand und zieht mich hinter sich her.

***

Keine Ahnung, wie wir hier heruntergekommen sind. Jan hat mich über Umwege in die Schlucht geführt und ich bin ihm einfach gefolgt. Ein Blick nach oben zeigt mir den Aussichtspunkt. Wir sind fast unterhalb der Stelle und können somit nicht mehr weit von den vermutlich Abgestürzten entfernt sein.

Die Hundeleine, die Jan bisher umgebunden mitgetragen hat, befestigt er an Silas Halsband und drückt mir das Ende in die Hand. »Warte hier!«, befiehlt er in einem Ton, der keinen Widerspruch zulässt.

Obwohl ich helfen will, ist mir das nur recht und ich beobachte ihn, wie er sich weiter einen Weg durch das Unterholz sucht. Die letzten Minuten habe ich mir schon die schlimmsten Bilder ausgemalt, was wir wohl vorfinden werden. Nein, sollten wirklich zwei Menschen von dort oben abgestürzt sein, will ich das nicht sehen.

Trotz des Dickichts ist Jan recht flott unterwegs. Er ruft etwas, nicht zu mir, sondern nach vorn; wahrscheinlich in der Hoffnung auf eine Antwort. Ich zumindest höre keine. Seine Schritte verlangsamen sich, er nimmt die Hände vors Gesicht und bleibt stehen, dann hockt er sich hin.

»Was ist?«, rufe ich aufgeregt. »Kann ich helfen?«

Eine Antwort erhalte ich nicht, aber bereits nach kurzer Zeit richtet Jan sich wieder auf und wankt einen Schritt zurück. Er schüttelt den Kopf. Ich versuche, ruhig zu bleiben, atme tief ein und aus und sehe Jan dabei zu, wie er weiter vorwärtstorkelt.

Erneut hält er an und dreht seinen Kopf ruckartig zu mir herum. Wieder hockt er sich hin, nur um kurz darauf mit schnellen Schritten zu mir zurückzukommen.

Jan ist leichenblass. Wortlos nimmt er mich in den Arm und hält mich fest. Im ersten Moment denke ich, er braucht Trost nach diesem Anblick, doch dann versucht er, etwas zu sagen.

Seine Stimme ist nur ein Krächzen. »Pietro und ... und Elena.«

Im Zweifel war es der Gärtner

Meine Schreie hallen unwirklich zwischen den steilen Wänden der Schlucht wider; ich kann sie nicht zurückhalten, will es auch gar nicht. Ich will weder akzeptieren, was Jan sagt, noch es überhaupt wahrhaben. Meine Freundin ist stark und voller Lebensfreude – nicht tot! Es darf einfach nicht sein!

Mühsam versuche ich, mich aus Jans Umarmung zu winden, um zu den Leichen zu gelangen. Ich muss sie mit eigenen Augen sehen und mich davon überzeugen, dass er sich irrt. Ich will sehen, dass es nicht Elena ist, die dort hinten in der Schlucht liegt. Fast schaffe ich es, mich zu befreien und ihm zu entwischen, doch schon packt Jan wieder zu und zieht mich zurück in seine Arme. Egal, wie sehr ich mich anstrenge, wie sehr ich ihn auch anschreie, ich komme nicht hin zu Elena.

Leise redet er auf mich ein, aber ich will nichts hören. Keine beruhigenden, keine tröstenden Worte. Ich will nur meine Freundin wieder haben!

Die Fluchtversuche gebe ich auf und sacke kraftlos in mich zusammen.

»Nicole? Wir sollten wieder hochgehen und dort auf Hilfe warten.«

»Hilfe?«, brülle ich. »Was für Hilfe denn? Seit wann kann die Polizei Tote zum Leben erwecken?«

»Es tut mir leid, unendlich leid! Aber bitte komm, lass uns gehen.« Er greift nach meinem Oberarm, um mir wieder auf die Beine zu helfen.

»Nein, lass mich!« Ich schlage seine Hand weg und halte mir die Augen zu.

Einen Moment später hockt Jan sich zu mir auf den Boden und nimmt mich in den Arm. Fest drückt er mich an sich und sagt nichts mehr. Ich dulde es und höre an seine Brust gelehnt weit entfernt leises Sirenengeheul.

Jegliches Zeitgefühl geht mir verloren. Ich weiß nicht, ob ich Minuten, Stunden oder gar Tage hier hocke und Jans Hemd mit Tränen bedecke.

Irgendwann löst er sich vorsichtig von mir und erhebt sich. Kurz darauf ertönen Stimmen, ein Getümmel entsteht um mich herum. Menschen laufen an mir vorbei, rufen sich etwas zu. Ich beachte sie nicht. Es ist mir egal.

Mein Kopf ist wie ein schwarzes Loch, nur um eine Frage kreisen meine Gedanken: Warum liegt meine Freundin tot in dieser Schlucht?

Seit Freitag ist mir ihr Verschwinden bewusst, eigentlich hätte ich schon viel früher darauf kommen müssen. So hätte ich bereits letzte Woche selbst die Vermisstenanzeige in München aufgeben können und damit wertvolle Zeit bei der Suche gespart. Aber anstatt darüber nachzudenken, warum sie meine Anrufe nicht beantwortet, und misstrauisch zu werden, sorge ich mich, was sie von mir hält. Ich habe die Reise nicht wieder absagen wollen; ich wollte einfach nur gute Stimmung zwischen uns.

Aber spätestens seit meiner Ankunft hier hätte ich mehr nach ihr suchen müssen, mich mehr anstrengen müssen. Warum habe ich das nicht getan? Warum habe ich mich nicht mehr auf das Wesentliche konzentriert? Warum knutsche ich stattdessen mit einem fremden Kerl herum? Ich bin die schlechteste Freundin der Welt! Und nun ist Elena tot.

Jemand legt eine Hand auf meine Schulter und schon hockt sich Jan zu mir. »Wie geht es dir?«

Langsam drehe ich den Kopf in seine Richtung und blicke direkt in seine dunklen Augen. Er hat mich von der Suche nach Elena abgelenkt. Wegen ihm bin ich nicht voll bei der Sache gewesen und habe mehr an mich selbst als an meine Freundin gedacht. Was ist denn wichtiger, ein bisschen Vergnügen oder Elenas Leben?

»Wie soll es mir schon gehen?«, fauche ich ihn an.

Er zuckt ein Stück zurück. »Ich we...«

Ich will nicht hören, was er sagt, und unterbreche ihn mit einer abrupten Handbewegung. Aber ich will endlich wissen, was hier passiert ist. »Ich frage mich, warum meine Freundin mit deinem Mitarbeiter in der Schlucht liegt.«

»Die Carabinieri sagen, die beiden seien wohl tatsächlich abgestürzt. Sie haben oben Spuren gefunden, die darauf hindeuten.«

»Ein Unfall?«

»Ja. Vielleicht ist einer von beiden abgerutscht, der andere hat versucht, zu helfen, und wurde mit hinuntergezogen. Natürlich ist das noch nicht sicher. Das ist die erste Einschätzung. Eben ein tragischer Unfall.«

»Ein Unfall! Und wie ist es zu diesem Unfall gekommen? Was hatten die beiden denn miteinander zu tun?«

Jan schluckt. »Das ist … das ist eine beliebte Stelle für verliebte Pärchen.«

»Das glaubst du doch selbst nicht! Pietro ist doch mindestens zwanzig Jahre jünger als Elena. Außerdem wollte sie mit Marco wandern, nicht mit Pietro.«

»Ich weiß. Und nein, natürlich glaube ich das auch nicht.« Jan zuckt ratlos mit den Schultern und deutet irgendwo hinter mich. »Die Carabinieri wollen …«

Wieder unterbreche ich ihn einfach, denn plötzlich ist das schwarze Loch verschwunden und ich sehe klar. »Erklär mir bitte, warum alle Verbrechen, die hier geschehen, immer etwas mit dir zu tun haben.«

»Mit mir?« Jan sieht mich groß an.

»Ja, mit dir!« Ungehalten springe ich auf und tippe mit dem Zeigefinger mehrfach an den Daumen meiner anderen Hand. »Erstens: Um den See herum gibt es eine Einbruchsserie, von der nur deine Ferienhäuser betroffen sind, aber es werden keine Spuren gefunden. Wie kann das sein? Ganz einfach: Du brauchst keine Spuren zu hinterlassen, du hast schließlich die Schlüssel.« Ich strecke den Zeigefinger aus und tippe ihn an, während Jan sich ebenfalls erhebt und mich ungläubig ansieht. »Zweitens: Einer deiner Mitarbeiter wird umgebracht und du bist der erste Tatverdächtige, weil du unvorsichtig warst und deine Fingerabdrücke auf der Mordwaffe hinterlassen hast.«

»Es …«

»Drittens liegt jetzt der nächste deiner Mitarbeiter tot in einer Schlucht«, erhebe ich meine Stimme weiter, um mich nicht unterbrechen zu lassen, und tippe an meinen Mittelfinger. »Und zwar zufälligerweise mit – viertens – deiner Nachbarin, die beobachtet haben könnte, was du so auf deinem Grundstück treibst.« Jan verschränkt die Arme vor der Brust und holt tief Luft, um etwas zu entgegnen; seine Augen blitzen mich wütend an. Aber ich bin noch längst nicht fertig mit ihm und tippe mir an den kleinen Finger. »Fünftens: Du rennst aus dem Wald vor mein Auto, ganz in der Nähe eines versteckten Verschlages, in dem Handschellen und andere verdächtige Gegenstände liegen. Hast du die Sachen weggeräumt, als du angeblich dieser Gestalt gefolgt bist, die außer dir niemand gesehen hat? So lang wie du mich hast warten lassen, hat die Zeit allemal dafür gereicht.« Nickend stimme ich selbst meinen Überlegungen zu. »Das macht total Sinn. Sila war gestern Nachmittag mit dir so ruhig und morgens hat sie mich regelrecht zu dem Verschlag gezerrt. Sie wusste wohl, dass du dort warst. Was hast du da gemacht? Hast du da wirklich jemanden eingesperrt? War es Elena?« Ich strecke ihm die gespreizte Hand entgegen. »Fü…«

»Das ist nicht dein Ernst!«, unterbricht mich Jan mit einem wütenden Knurren und schüttelt ungläubig den Kopf. »Abgesehen davon, dass du gerade vollkommen durchdrehst, weißt du genau, dass ich ein wasserdichtes Alibi habe. Du hast gesehen, wie die Carabinieri mich mitgenommen haben. Ich wurde die ganze Nacht und den Morgen auf dem Revier festgehalten. Du weißt doch, wann ich zurückgekommen bin. Da kann ich schlecht den Morgen im Wald verbracht haben.«

»Nein!«, fahre ich ihn an. »Ich weiß, wann du bei mir warst, aber doch nicht, wann du wirklich zurückgekommen bist. Vielleicht warst du schon längst wieder da.«

»Ich kann das nicht glauben, Nicole! Habe ich mich wirklich so sehr in dir getäuscht? Meinst du wirklich, dass ich zu solchen Verbrechen fähig bin?« Jan sieht mich vorwurfsvoll und niedergeschlagen zugleich an. »Aber klar: Im Zweifel war es der Gärtner! Kein Prozessgegner. Kein geldgeiler Ex-Mann. Kein eifersüchtiger Liebhaber. Nein, der Gärtner! Das ist so typisch Stadtfrau.«

»Das ist dein Argument? Ich bin eine arrogante Stadtfrau und deswegen bist du unschuldig?«

Jan atmet mehrfach tief durch. Er läuft ein paar Schritte hin und her und scheint sehr mit seiner Beherrschung zu ringen. Auf einmal steht er vor mir, greift nach meinen Schultern und sieht mir direkt in die Augen. »Kannst du mir nicht einfach vertrauen?«, presst er zwischen zusammengebissenen Zähnen hervor. Es fehlt nur noch, dass er anfängt, mich zu schütteln.

»Ich habe dir von Anfang an vertraut«, brülle ich, schlage seine Hände weg und trete von ihm zurück, um wieder für ausreichend Abstand zu sorgen. »Und immer wieder gab es einen neuen Verdacht gegen dich. Ich habe es dir eben aufgezählt und wer weiß, was ich dabei alles vergessen habe oder wovon ich gar nichts weiß. Wie lang soll ich dir denn noch blind vertrauen?

Etwa, bis ich selbst hier unten liege?« Mit ausgestrecktem Arm deute ich in Richtung der Leichen.

Jan atmet weiter tief durch, seine Fäuste öffnen und schließen sich; er spannt sie so sehr an, dass seine Knöchel weiß hervortreten.

»Was ist hier los?«, ertönt eine scharfe Männerstimme hinter mir.

Ich fahre herum und sehe direkt in das aufmerksame Gesicht eines Polizisten.

Die Anspannung zwischen uns allen ist regelrecht zu spüren, niemand sagt etwas. Erst ein Aufschnaufen von Jan unterbricht diese gefährliche Ruhe.

»Sie steht unter Schock. Die tote Frau dort hinten ist ihre Freundin, die seit ein paar Tagen vermisst wird«, erklärt er gepresst. »Aber vielleicht können Sie etwas zur Beruhigung beitragen. Sie waren ja gestern bei meiner Entlassung dabei. Würden Sie Frau Strube bitte mitteilen, um wie viel Uhr das etwa gewesen ist?«

Der Polizist runzelt die Stirn und blickt zwischen uns hin und her, dann nickt er knapp. »Mittags gegen ein Uhr hat Herr Töpfer sich ein Taxi gerufen und die Carabinieri-Station in Orta San Giulio als freier Mann verlassen.«

Meine Wut halte ich einen Moment zurück und schlucke hart, während ich versuche, das Gehörte einzusortieren. Jan verschränkt die Arme vor der Brust und presst die Lippen fest zusammen, sein Blick durchbohrt mich. Ich wende mich wieder dem Polizisten zu. »Bis dahin war er durchgehend bei Ihnen? Vom Vorabend an?«

»Ich kann Ihnen nicht ...«

»Das ist schon in Ordnung«, unterbricht Jan ihn einfach. »Ich bin damit einverstanden. Sagen Sie ihr bitte alles, was sie wissen möchte.«

Der Polizist richtet seine Aufmerksamkeit wieder auf mich. »Das ist korrekt.«

Kaum erreichen mich die Worte, breche ich erneut in Schluchzen aus. Es lässt sich nicht aufhalten, obwohl der Polizist mich bestürzt anschaut. Mehrfach setzt er an, etwas zu sagen, aber irgendwann gibt er es auf, redet kurz mit Jan und geht weiter zu seinen Kollegen.

Nicht allein

»Komm! Ich bring dich nach Hause.« Jan greift nach meinem Arm, vorsichtig, als ob er zunächst meine Reaktion austesten wolle. Aber ich denke nicht daran, mich zu wehren. Es ist mir alles egal, soll er machen. Ebenso sacht umgreift er meine Taille und führt mich vorwärts; keine Ahnung, wo lang und wie er mich stolperfrei durch dieses Gelände bekommt. Schleier bedecken meine Augen und es lohnt nicht, sie wegzuwischen, denn auch wenn das große Schluchzen vorbei ist, laufen doch ständig weitere Tränen nach.

Widerstandslos gehe ich neben ihm her, einen Schritt nach dem anderen, den Berg hinunter bis nach Césara, lasse mich von ihm in sein Auto setzen, wieder heraushelfen und in sein Haus führen. Mittlerweile zieht alles wie in kurzen aufblitzenden Bildern an mir vorbei. Sein Badezimmer, ein Shirt von ihm, das ich überziehe und jetzt sein Schlafzimmer.

Jan platziert mich sanft auf seinem Bett, auf einem weichen Kissen, rutscht nah an meine Seite und nimmt mich in den Arm. Still, ohne ein Wort, spendet er mir Trost und ist für mich da – und das, obwohl ich so gemein zu ihm gewesen bin.

Neben meiner Trauer um Elena und der Verzweiflung kämpfe ich nun auch noch mit den Gewissensbissen ihm gegenüber. Schlafen kann ich nicht, ständig werde ich von meinen Gefühlen überrollt und jedes Mal hält Jan mich noch fester und zeigt mir damit, dass ich nicht allein bin. Das habe ich gar nicht verdient. Er sollte wütend auf mich sein und nichts mehr mit mir zu tun haben wollen. Ich bin nicht nur die schlechteste Freundin der Welt, sondern auch noch die schlechteste ... ja, keine Ahnung, was.

Wieder und wieder muss ich daran denken, was ich ihm alles an den Kopf geworfen habe. Dabei sieht ihn sogar die Polizei als unschuldig an. Und auch ich glaube nicht, dass er etwas mit Elenas Tod oder den anderen Vorfällen zu tun hat. Vielleicht wird ihm einfach ganz übel mitgespielt und der Verdacht absichtlich auf ihn gelenkt. So logisch sich meine Vorwürfe vorhin auch angehört haben mögen, ich habe doch schon mehrfach über diese Themen nachgedacht und es bleibt dabei: Ich vertraue Jan. Immer noch.

»Entschuldigung«, flüstere ich endlich, was längst überfällig ist. »Ich weiß nicht, warum ich das alles gesagt habe.«

»Mach dir darum keine Gedanken«, flüstert Jan genauso leise zurück. »Das war der Schock. Zumindest hoffe ich, dass es nicht dein Ernst gewesen ist.«

»Ist es nicht.« Wieder rollen die Tränen, aber dieses Mal aus einem anderen Grund.

Etwas befreiter schlinge ich meinen Arm um Jan und lege den Kopf auf seiner Brust ab, die sich genauso muskulös anfühlt, wie sie an unserem ersten Tag ausgesehen hat. Was er wohl für Sport treibt? Oder sorgt allein schon seine Arbeit für diese Körperform? An ihn gekuschelt konzentriere ich mich auf die regelmäßigen Bewegungen seines Brustkorbes und schaffe es so schließlich, ruhiger zu werden.

»Du weißt, dass ich Gärtner mag?«, murmle ich.

»Es gibt gelegentlich gewisse Anzeichen, die darauf hindeuten.« Mit seiner Antwort sorgt Jan wahrhaftig für ein Lächeln bei mir, denn sie erinnert mich an unser Gespräch, während er für mich gekocht hat. An dem Abend habe ich behauptet, dass es einige Anzeichen gibt, die gegen seine Aussage sprechen, er sei nett. Wie sehr ich mich doch getäuscht habe.

Ich rücke ein Stück näher zu ihm hoch. »Und besonders einen bestimmten.«

Jan dreht den Kopf und ich spüre seinen Atem auf meiner Haut. Seine Arme, die mich noch immer umschlungen halten, ziehen mich fester an ihn. Mehr tut er nicht und doch gibt er mir so viel mit dieser Geste zu verstehen. Er will mich und ist für mich da; ich bin nicht allein. Es ist genau das, was ich brauche und genau das, was ich ihm zurückgeben möchte.

Vorsichtig lege ich meine Lippen auf seine, die ich trotz der Dunkelheit im Raum auf Anhieb finde. Sie sind weich und warm und wie für mich gemacht. Jan erwidert den Kuss, ruhig und innig. Seine Hand streicht langsam meinen Rücken hinunter.

***

Ein Klingeln reißt mich aus meinem furchtbaren Traum. Ich schlage die Augen auf und blicke mich um. Jan liegt nicht mehr neben mir, das Schlafzimmer ist verlassen und die Tür zum Flur steht offen. Von dort ist jetzt auch seine gedämpfte Stimme zu hören. Mit wem er wohl spricht? Vielleicht gibt es neue Informationen. Die Schlafdecke schiebe ich zur Seite und krabble aus dem hohen Holzbett. Nur mit seinem Shirt bekleidet laufe ich über den Steinfußboden durch den Flur zu einer weiteren offenstehenden Tür direkt neben dem Hauseingang.

»… du darauf bestehst, werde ich sie wecken gehen. Lieber wäre es mir allerdings, wenn sie noch ein bisschen weiterschläft.«

Ich schaue um die Ecke in eine rustikal eingerichtete Küche und erblicke Jan mit einem Handy zwischen Ohr und Schulter geklemmt an der Anrichte vorm Fenster. Er steht mit dem Rücken zu mir und füllt frisches Kaffeepulver in eine Maschine, der Geruch ist unverkennbar.

»Das verstehe ich, deshalb habe ich das Gespräch angenommen. Nicole, ich meine, deiner Mutter geht es gut. Alles Weitere soll sie dir bitte selbst erzählen. Ich werde ihr ausrichten, dass sie dich gleich anruft, sobald sie aufwacht. Einverstanden?«

Meine Güte, Jan telefoniert mit Kyra. Mit heißen Wangen muss ich kurz schmunzeln, bevor mich wieder die Trauer überfällt und meine Augen sich mit Tränen füllen. Irgendwie werde ich meiner Tochter das auch alles beibringen müssen, Elena ist schließlich so etwas wie eine Tante für sie gewesen. Nur gut, dass Jan nichts weiter zu den Vorfällen gesagt hat, so kann ich mir noch überlegen, wie ich das schonend anstelle. Er beendet soeben das Telefonat und ich schleiche mich zurück durch den Flur, um zunächst das Badezimmer aufzusuchen.

Nach einer ausgiebigen Dusche fühle ich mich zumindest körperlich fit genug, um wieder vernünftig aus den Augen gucken und Jan entgegentreten zu können. Da ich keinen Föhn finde, gehe ich mit noch feuchten Haaren zur Küche, gerade als er die Holztreppe aus dem Obergeschoss herunterkommt.

Mit einem bekümmerten Lächeln auf dem Gesicht nimmt er mich noch auf dem Flur in den Arm und drückt mir einen Kuss auf die Wange. »Ich frage diesmal besser nicht, wie es dir geht.«

»Entschuldige.« Verschämt senke ich den Blick, aber hebe ihn sofort wieder und schaue in seine Augen. »Du könntest es gefahrlos tun, aber die Antwort ist klar. Wie sagt man so schön? Den Umständen entsprechend.«

Er nickt, führt mich in die Küche und deutet auf den mittlerweile gedeckten Tisch. »Setz dich. Ich hoffe, du kannst etwas essen. Ich habe einfach alles hingestellt, was da ist. Cappuccino habe ich leider nicht, nur echten Kaffee.«

Schwach lächle ich ihn an, da er sich das gemerkt hat. »Danke. Das ist schon okay.«

Bevor ich mich setzen kann, ertönt Hundegetrappel und Sila stürmt in den Raum direkt auf mich zu. Sie scheint sich so sehr zu freuen, mich zu sehen, dass nicht nur ihr Schwänzchen, sondern sogar das ganze Hinterteil wackelt.

Ich lass mich auf einen Stuhl sinken und kraule sie, während Jan meine Tasse auffüllt, sich ebenfalls setzt und sich räuspert.

»Dein Telefon hat heute Morgen schon ein paar Mal geklingelt. Beim dritten Anruf bin ich dran gegangen, tut mir leid. Du sollst Kyra zurückrufen. Sie macht sich Sorgen, weil sie gestern nichts mehr von dir gehört hat.«

»Das mache ich. Danke«, antworte ich und setze mich ordentlich hin. Sila drängt sich an meinen Beinen vorbei und legt sich unter den großen Holztisch.

»Deine Tochter scheint nett zu sein, recht aufgeweckt. Allerdings will sie mit dir auch über die Vermisstenanzeige sprechen, die sie aufgegeben hat.« Jan nimmt einen Schluck von seinem Kaffee und mustert mich intensiv; verkniffen nicke ich ihm zu. »Bist du bereit, darüber zu reden, oder willst du lieber nicht daran denken?«

Schon sind die Tränen wieder da und ich wische mir schnell unter den Augen her. Aber Jan hat mich gestern in einem wesentlich schlimmeren Zustand erleben müssen und es mir offensichtlich verziehen, also kommt er sicher auch heute damit klar. »Verdrängen klappt nicht. Ich denke, reden wird das Beste sein.«

»Okay. Erst einmal soll ich dir von dem Carabiniere ausrichten, dass du für deine Aussage aufs Revier kommen sollst. Spätestens morgen. Wenn du willst, kann ich dich heute Nachmittag hinfahren.«

»Danke, das ist lieb von dir. Und du musst keine Aussage machen?«

»Habe ich gestern schon.« Jan greift nach einem Toast und belegt es mit dünn geschnittenem Schinken. »Was ich mich die ganze Zeit frage: Warum waren die beiden zusammen da oben? Das ergibt für mich keinen Sinn.

Sie kannten sich zwar, aber haben nie etwas miteinander zu tun gehabt. Zumindest nicht, soweit ich weiß.«

»Was kann es denn für einen Grund geben? Vielleicht war es Zufall.«

»Unwahrscheinlich. Diese Stelle ist bekannt für romantische Zusammenkünfte. Hat man nicht derartige Gedanken, geht man üblicherweise weiter, um sie nicht zu besetzen. Das wusste auch Elena, sie hat mal davon gesprochen.«

»Pietro ist aber doch gar nicht ihr Typ, ganz abgesehen davon, dass er viel zu jung für sie war. Marco ja, und du auch, aber nicht er«, spreche ich meine Überlegungen aus, was Jan ein leises *Hmm* entlockt. »Was ist denn mit Marco? Er hat sich doch wirklich seltsam verhalten, als wir nach ihr gefragt haben.«

Jans Brauen rucken in die Höhe. »Willst du damit andeuten, dass du es für keinen Unfall hältst? Du meinst, er war eifersüchtig und hat die beiden in die Schlucht gestoßen?«

Ich keuche auf bei der Vorstellung und brauche einen Moment, bis ich wieder in der Lage bin, weiterzureden. »Nein, das wollte ich damit nicht sagen. Das ergibt außerdem auch keinen Sinn. In dem Fall müssten wir doch davon ausgehen, dass Elena und Pietro wirklich etwas miteinander hatten, oder?«

»Ja. Ich weiß es nicht. Das ist mir alles ein Rätsel«, sagt Jan kauend und deutet auf den Tisch. »Nimm dir bitte etwas zu essen.«

Kurz denke ich darüber nach, mir erst die Hände waschen zu gehen, weil ich eben den Hund angefasst habe, greife dann aber doch nach einem Apfel. Hoffentlich bleibt er mir nicht im Hals stecken. Hunger habe ich sowieso keinen, aber tatsächlich muss ich etwas zu mir nehmen. Seit ich in Italien bin, achte ich eindeutig zu wenig darauf.

»Vielleicht sollten wir noch einmal mit Marco sprechen?«, schlage ich nach kurzem Schweigen vor und lege den Rest des Apfels zur Seite.

»Das wird ein lustiges Gespräch.« Jan schüttelt den Kopf. »Den Hinweis sollten wir besser den Carabinieri geben, damit sie das tun.«

»In Ordnung, dann spreche ich das bei meiner Aussage mit an. Können wir nicht gleich hinfahren?«

Wieder schüttelt Jan den Kopf. »Nein. Ich muss zum Büro und die Sache mit dem Einbruch klären. Außerdem sollte ich dringend mit Enrico sprechen. Mir fehlen plötzlich zwei Mitarbeiter.«

Daran habe ich gar nicht mehr gedacht und sogar den Mord an Gabriel verdrängt. Es ist unfassbar, was hier passiert; unzählige Einbrüche und drei Leichen. Eine davon meine Freundin. Erneut aufschluchzend blicke ich Jan an. »Ich glaube, ich möchte nicht in Elenas Haus zurück. Darf ich hier bei dir warten, bis du wiederkommst?«

»Nein! Du fährst mit mir.« Jans Ton ist bestimmend und lässt keinen Widerspruch zu.

Ich versuche es dennoch. »Aber ...«

»Kein aber, Nicole! Nach dieser Sache bleibst du nicht allein.« Jan streckt die Hand nach mir aus; zögerlich ergreife ich sie und schon zieht er mich auf seinen Schoß. »Du hast gerade einen furchtbaren Verlust erlitten. Ich kann mir gar nicht vorstellen, wie einsam du dich fühlen musst, in einem fremden Land und einem fremden

Haus. Da glaubst du doch nicht, dass ich dich alleinlasse. Außerdem, solang nicht geklärt ist, was das alles zu bedeuten hat, möchte ich dich gern in Sicherheit wissen. Bei mir!« Er schiebt mir ein paar feuchte Haarsträhnen hinter die Ohren und drückt einen sanften Kuss auf meine Schläfe. »Aber ich muss weg, also musst du mit. Sind wir uns einig?«

Ein warmes Gefühl erfasst mich. Ich nicke und schmiege meinen Kopf in seine Halsbeuge.

Charmeur

Eine Stunde später fahren wir auf Jans Firmengrundstück. Genau wie beim letzten Mal nutzt er nicht die Stellplätze seitlich des Hauptgebäudes, sondern parkt direkt vor dem Eingang, wo wir von einem dunkelhaarigen Mann etwa in unserem Alter erwartet werden.

Sila stürmt auf ihn zu. Es ist ein freudiger Überfall, den er mit einer ausgiebigen Kuscheleinheit erwidert, was ihn mir auf Anhieb sympathisch macht.

»Das ist Enrico. Er spricht leider kein Deutsch.« Jan legt den Arm um mich, sorgt mit diesem Zeichen vor seinem Mitarbeiter für einen kleinen Hüpfer meines Herzens, und führt mich zu ihm. Die beiden wechseln ein paar Worte miteinander, meinen Namen höre ich aus dem Gespräch heraus und schon trifft mich Enricos interessierter Blick.

Zur Begrüßung strecke ich ihm lächelnd die Hand entgegen, die er auch sogleich ergreift.

»Piacere di conoscerti, Nicole!« Anstatt sie zu schütteln, dreht er meine Hand und haucht mir einen Kuss auf.

Von Jan ertönt ein kleines Lachen. »Ach ja, er ist ein Charmeur. Das hätte ich vielleicht vorher sagen sollen.«

Zwar schießt mir Hitze ins Gesicht, dennoch reagiere ich, wie ich finde, angemessen und mache einen kleinen Knicks.

Enrico lacht und sagt etwas zu Jan. Dann blickt er uns beide auffordernd an und gibt den Weg zu der zerstörten Tür des Bürogebäudes frei.

Ich glaube kaum, was ich dort sehe. Eigentlich habe ich ein aufgebrochenes Schloss erwartet, aber das ist dem Einbrecher wohl zu umständlich gewesen. Es befindet sich noch an Ort und Stelle, die Holztür drumherum allerdings ist zerhackt, vermutlich mit einer Axt. Daneben an der Wand lehnt eine große Sperrholzplatte, die Enrico offenbar zur provisorischen Abdeckung der Öffnung genutzt hat.

Jans Blick verdüstert sich; er inspiziert den Schaden, befiehlt Sila draußen zu bleiben und geht ins Innere des Gebäudes. Enrico und ich folgen vorsichtig. Mir reicht ein Blick auf das Chaos, das hier herrscht, und ich keuche entsetzt auf. Durchwühlte Unterlagen, alle auf dem Boden verteilt, umgeschmissene Regale und herausgerissene Schreibtischschubladen. Es scheint mir so, als sei einzig der Garderobenständer unversehrt geblieben. Meine Tasche hänge ich daran auf, um die Hände freizubekommen. Doch Jan versucht, sich erst einmal einen Überblick zu verschaffen, und ich habe das Gefühl, dass ich mehr im Weg stehe, als etwas helfen zu können. Daher entschuldige ich mich unter dem Vorwand, Kyra anrufen zu wollen, und verschwinde wieder nach draußen zu Sila, die brav dort wartet, wo Jan sie zurückgelassen hat.

Erneut vermisse ich eine Sitzbank vor dem Gebäude und laufe über das Grundstück. Tief sauge ich die frische Luft in mich ein. Wie schon den ganzen Morgen fließen zwischendrin immer wieder die Tränen, aber zumindest bin ich im Vergleich zu gestern einigermaßen klar. Unendlich traurig zwar, aber in der Lage, bewusst Gedanken zu fassen. Zum Beispiel, dass ich tatsächlich mit Kyra sprechen sollte. Nicht nur, weil Jan es ihr versprochen hat, mehr noch, weil ich dringend ihre Stimme hören will.

Meinen Anruf nimmt sie allerdings nicht entgegen. Ihren Terminplan habe ich durch die ganzen Ereignisse nicht mehr im Kopf, also lehne ich mich an einen der Firmenwagen und bitte sie per Nachricht darum, mich noch einmal anzurufen, sobald sie Zeit findet.

Sila trottet um die Ecke und setzt sich zu mir. Ich streichle ihr kurz über den Kopf, atme tief durch und wähle entschlossen die Nummer von Horst. Er sollte über Elenas Tod Bescheid wissen.

Es klingelt lang, bis das Gespräch angenommen wird. »Neubert.«

Allein den Namen zu hören, lässt mich aufschluchzen. Ich brauche einen Moment, bis ich wieder in der Lage bin, zu sprechen. »Hallo Horst, Nicole hier.«

»Bist du etwa am Heulen?«

»Nein. Ja. Egal. Horst, ich muss dir etwas sagen.« Jetzt erst, während ich mit ihm rede, schießt mir der Gedanke durch den Kopf, dass doch wohl der Ehemann einer Verunglückten zuerst informiert wird. »Oder hat die Polizei schon mit dir gesprochen?«

»Die Polizei?«, fragt er sofort zurück.

»Ja, haben sie dich schon informiert?« Mühsam versuche ich, das nächste Schluchzen zu unterdrücken, um mir einen weiteren unangemessenen Kommentar zu ersparen.

»Worüber denn? Nein, mich hat niemand informiert. Also mach schon, Nicole. Du weißt doch genau, dass ich mit heulenden Frauen nichts anfangen kann.«

Ja, ich kenne seinen Charakter nur zu gut; dieser Arsch. »Wir haben Elena gefunden. Sie ...«

»Na endlich!«, unterbricht er mich. »Mit welchem Kerl war sie denn unterwegs oder was hat sie für eine Ausrede für all die Aufregung?«

»Sie ist tot!« Meine Antwort ist mehr ein Brüllen, aber anders wäre es mir womöglich nicht über die Lippen gekommen.

Ein Moment herrscht Ruhe. »Was? Was sagst du da? Das ist ja furchtbar!«

»Sie ist beim Wandern in eine Schlucht gestürzt.«

»Beim Wandern? Bist du dir sicher?«, fragt er mit dünner Stimme, sie hört sich höher an als üblich.

»Wie kann ich da sicher sein? Ich war doch nicht dabei. Aber davon geht die Polizei aus.«

»Dann wird es wohl so sein.« Ein kurzes Hupen ist zu hören, das mir bekannt vorkommt und ein merkwürdiges Gefühl in mir wachruft. Bei unserem letzten Telefonat habe ich das auch schon gehört.

»Wo bist du eigentlich?«, frage ich misstrauisch. »Schon wieder in München?«

»Während meine Frau verschwunden ist? Nein, was wäre ich denn für ein schlechter Mensch, wenn ich einfach so meinen Alltag weiterführen würde?«

Ich verdrehe die Augen. »Und was hast du dafür getan, sie zu finden?«

»Was ist das denn für eine Frage? Ich habe den See abgesucht. Außerdem war ich an den beiden Wasserfällen, die sie bestimmt gern mit einem ihrer Lover aufgesucht hat. Aber ...« Dem Rest seiner Ausführungen höre ich nicht mehr zu, denn ein Rufen von Jan schallt über das Grundstück.

Sila springt auf und flitzt in seine Richtung.

»Moment bitte, Horst«, würge ich ihn geradewegs ab, halte die Hand aufs Smartphone und erhebe meine Stimme. »Alles in Ordnung, Jan. Ich bin hier hinten bei deinen Firmenwagen. Ich telefoniere noch.«

Schon erscheint er an der Ecke des Gebäudes. »Wir müssen fahren. Ich habe eine neue Spur. Kommst du?«

»Ja, natürlich. Ich bin gleich da.« Ich nicke ihm zu und nehme das Handy wieder ans Ohr. »Entschuldige Horst, aber wir müssen das Gespräch beenden.«

»Ich habe es gehört. Gibst du dich immer noch mit dem Typen ab? Bist du etwa bei ihm?«

»Es geht dich zwar nichts an, aber ja, ich bin mit Jan unterwegs. Wir sind bei seinem Büro, müssen aber weg, deswegen werde ich jetzt auflegen.«

»Ich habe dich doch vor ihm gewarnt, Nicole. Fahr am besten so schnell wie möglich nach Hause, und dann lass uns noch einmal telefonieren.«

»Nein! Erstens werde ich mit dir sicher nicht über meine Männerwahl diskutieren und zweitens muss ich gleich auch noch für eine Aussage aufs Polizeirevier. Also mach es gut, Horst.«

Geheimnisse

»Was ist denn los?«, frage ich und schließe die Beifahrertür mit einem lauten Knall. »Ich habe gedacht, du hast hier länger zu tun. Von was für einer Spur redest du?«

»Von einem neuen Hinweis, den ich eben erhalten habe.« Jan startet den Pick-up, fährt vom Grundstück hinunter und nach rechts in Richtung Pella. »Ich habe eben einen Anruf von Francesco erhalten, dem Lebensgefährten von Gabriel. Ich wollte sowieso mit ihm telefonieren oder bei ihm vorbeifahren, um mein Beileid auszusprechen, aber er war schneller. Ich glaube, er brauchte jemanden zum Reden.«

»Verständlich. Es muss furchtbar für ihn sein. Gibt es denn in diesem Fall schon etwas Neues? Weiß er mehr als wir?«

»Nein, leider noch nicht. Oder es wird sich aus ermittlungstaktischen Gründen nicht dazu geäußert. Aber darum geht es im Moment gar nicht. Francesco hat mir etwas anderes Interessantes erzählt.« Jan biegt im Ort nicht Richtung zu Hause ab, sondern fährt auf die Straße, die den See entlang nach Süden führt.

»Und was? Mach es doch nicht so spannend.«

Um seine Mundwinkel erscheint ein schiefes Grinsen. »Ach ja, ich hatte doch tatsächlich vergessen, wie neugierig du bist.«

»Jan!«

»Schon gut.« Er wirft mir einen entschuldigenden Blick zu, aber seine kleinen Grübchen sind weiterhin zu sehen. »Wie gesagt brauchte Francesco wohl jemanden zum Reden. Er hat mir viel erzählt. Erst allgemein über seine Beziehung mit Gabriel, dann über dessen Job bei mir und wie sehr er ihn geschätzt hat, obwohl er sich damit niemals einen Porsche hätte leisten können. Er mochte mich wohl, auch die Kollegen und die eigentliche Arbeit. Aber, und jetzt wird es interessant, seit einiger Zeit hatte Gabriel sich verändert. Er kam oft angespannt von der Arbeit nach Hause, zog sich zurück und hatte Heimlichkeiten vor Francesco. Dann tauchte auch öfters Pietro bei ihnen auf und die beiden hatten ganz offensichtlich noch mehr Geheimnisse. Francesco vermutete ein Verhältnis zwischen ihnen. Als er mehrfach Geschenke von Gabriel erhielt, ist er von einem schlechten Gewissen ausgegangen und hat ihn darauf angesprochen. Gabriel hat alles abgestritten. Nochmal hat Francesco es nicht gewagt, nachzufragen. Er wollte nicht übermäßig eifersüchtig wirken. Aber seltsam war Gabriels Verhalten auf jeden Fall.«

»Das war es?« Verwirrt schüttle ich den Kopf. »Und was war nun der Hinweis? Dass die beiden ein Verhältnis hatten?«

»Das hatten sie nicht. Definitiv nicht. Gabriel hat Francesco geliebt und wäre ihm nie fremdgegangen. Und Pietro, nein, der stand sicher nicht auf Männer. Aber die beiden hatten dennoch Geheimnisse. Ich glaube nicht, dass Francesco sich das nur eingebildet hat. Er wirkte sehr überzeugt.«

»Aber wir fahren jetzt nicht zu Gabriel nach Hause?« Am liebsten möchte ich auf die Bremse treten, so sehr sträubt sich alles in mir bei diesem Gedanken. »Jan, das schaffe ich nicht! Wenn ich einem Trauernden gegenübertreten soll, können wir ja gleich um die Wette heulen.«

»Nicht zu Gabriel, keine Sorge. Wir fahren zu Pietro. Vielleicht finden wir dort Hinweise darauf, was die beiden für Geheimnisse hatten.«

Ich entspanne mich wieder etwas und nicke, meine Gedanken rasen. »Du meinst also, die beiden haben zusammen – sagen wir mal – gearbeitet. Und wenn ich an die vielen Einbrüche denke ...«

»Jetzt verstehst du mich.«

»... die alle in von dir betreuten Häusern stattfanden und bei denen keine Einbruchsspuren zu finden waren, weil ...«

»... man sie nicht hinterlässt, wenn man einen Schlüssel zur Verfügung hat.«

»Den sie dank ihrer Jobs bei dir hatten.« Ich sehe Jan entsetzt an. »Also meinst du wirklich, die beiden sind für die Einbruchserie verantwortlich?«

»Ich weiß es nicht, aber im Moment ist das für mich die logischste Erklärung. Auf die Idee hast du mich übrigens erst durch deinen kleinen Ausbruch gestern gebracht. Bis dahin hätte ich meinen Jungs niemals so etwas zugetraut.«

»Und Enrico? Und warum ...«

Jan schüttelt entschieden den Kopf. »Ich glaube nicht, dass Enrico etwas damit zu tun hat.«

»Das hast du von den anderen beiden auch nicht geglaubt«, halte ich dagegen, was Jan zu einem frustrierten Schnauben veranlasst. »Aber davon abgesehen, warum sind sie beide tot? Und Elena auch.«

»Das müssen wir herausfinden. Womöglich hängt alles miteinander zusammen.«

»Oder eher wahrscheinlich. Schließlich haben wir Elena und Pietro zusammen gefunden.« Ich presse die Lippen fest aufeinander, als die Bilder von gestern wieder vor meinen Augen ablaufen. »Sollten wir unsere Vermutungen nicht besser der Polizei melden?«

»Die halten es doch für einen Unfall. Bis wir sie überzeugen können, Untersuchungen durchzuführen, wird Pietros Putzfrau schon alle Spuren beseitigt haben. Aber du kannst es ja später ansprechen, wenn du deine Aussage machst.«

Ich stöhne. »Die werden mich für paranoid halten. Unsere Verdächtigungen Marco gegenüber wollte ich ja auch ansprechen.«

Jan lacht kurz auf, schaut aber starr auf die Straße vor sich.

Grimmig mustere ich ihn. »Was war das denn?«

Er schüttelt schnell den Kopf und tätschelt mir das Bein. »Nichts weiter. Entspann dich noch ein bisschen. Wir sind bald da.«

Ich lehne mich zurück und kraule Sila hinter den Ohren, während ich das Ausflugsschiff auf dem See beobachte. »Weißt du, was komisch war?«

»Nein. Zumindest nicht, was du meinst. Hier ist ziemlich viel komisch.«

»Mein Anruf bei Horst. Er sagt, er ist auch noch hier unten und noch nicht wieder nach München gefahren.

Aber da war ein Hupen im Hintergrund zu hören, ich glaube, das von dem Ausflugsschiff. Wir haben es im Restaurant gehört. Erinnerst du dich?«

»Das kann doch gut sein, wenn er sich ein Zimmer in Pella genommen hat. Daran ist nichts komisch.«

»Nein, daran nicht. Aber an meinem ersten Morgen in Elenas Ferienhaus habe ich auch mit ihm telefoniert und da hat es ebenfalls gehupt. Horst behauptet aber doch, er sei erst wegen meines Anrufs hier heruntergefahren.«

»Du hast ihn auf dem Handy angerufen?«

Ich nicke. »Seine Festnetznummer habe ich nicht.«

»Und du meinst also, in München hupen keine Ausflugsschiffe?«

»Sehr witzig!«

»Ja, du hast recht, das ist komisch. Aber ich weiß nicht, ob ich etwas darauf geben würde. Spätestens seit unserem letzten Zusammentreffen und seiner Unterstellung bin ich nicht gut auf ihn zu sprechen. Du kannst dir sicher vorstellen, warum, und ich bin nur froh, dass du das überwunden hast.«

»Ich auch«, stimme ich mit einem Nicken zu. Definitiv möchte ich diesen Kampf mit mir selbst nicht noch einmal ausfechten.

Kurze Zeit später biegt Jan in Gozzano auf ein Grundstück ein und parkt vor einem großen Mehrfamilienhaus.

»Hier wohnte Pietro?« Ich beuge mich vor und blicke an dem Gebäude nach oben.

»Ja, ich glaube, in der dritten Etage. Komm, schauen wir mal, wie wir da hineinkommen. Sila lassen wir besser hier.« Die Fensterscheiben öffnet er ein Stückchen und steigt aus dem Wagen.

Rasch folge ich ihm. »Wie willst du denn hineinkommen ohne Schlüssel? Du willst doch nicht auch einbrechen, oder?«, zische ich ihm leise zu, damit keiner der vorbeilaufenden Menschen mich versteht.

»Quatsch, natürlich nicht.« Schmunzelnd sieht Jan auf mich hinunter, greift nach meiner Hand und wir gehen gemeinsam auf den Eingang zu. »Pietro hat für den Notfall immer einen Ersatzschlüssel bei seiner Nachbarin liegen, da er seinen eigenen gern vergisst.«

Jan kontrolliert die Klingelschilder, nickt und wir betreten das Gebäude durch die große Zugangstür. Irgendwie fühle ich mich etwas seltsam bei dem Gedanken, gleich die Wohnung eines Toten zu durchsuchen. Daher schleiche ich auf leisen Sohlen neben Jan durch das Treppenhaus nach oben und blicke mich aufmerksam um, ob wir beobachtet werden.

»Ich war noch nie bei ihm, aber er hat gern und viel erzählt. Seine Wohnung liegt auf der rechten Seite, die von der Nachbarin auf der linken«, erklärt Jan, als wir die dritte Etage erreichen. Er hält an und deutet auf eine Tür, an der ein Willkommenskranz hängt. »Da, das sollte ihre sein. Ich klingle einfach.«

Bevor er den Knopf drücken kann, greife ich nach seinem Arm und halte ihn zurück. »Jan?«

Sein fragender Gesichtsausdruck, mit dem er sich mir zuwendet, ändert sich schlagartig in kritisch, als er über meine Schulter blickt. Ich dagegen habe die Polizistin, die mit verschränkten Armen vor der anderen

Wohnungstür steht und uns nicht aus den Augen lässt, bereits auf den letzten Stufen durch das Treppengeländer gesehen. Nur hat Jan mir durch seine Erklärungen keine Gelegenheit gegeben, ihn früher unauffällig darauf aufmerksam zu machen.

Wir gehen auf sie zu und Jan spricht sie umstandslos an, selbstverständlich auf Italienisch. Während die beiden sich unterhalten, betrachte ich das Namenschild an der Wohnungstür: Pietro Esposito.

Eine Sprechpause nutze ich aus und stoße Jan leicht an, um seine Aufmerksamkeit zu erlangen. »Erzähl ihr von unserer Vermutung.«

Er nickt mir zu und führt sein Gespräch mit der Beamtin fort. Kurze Zeit später scheint er sich zu verabschieden, er tritt einen Schritt zurück und greift nach meiner Hand. »Lass uns gehen!«

Wortlos steigen wir die Treppe hinunter und erst, als wir das Gebäude verlassen, fängt Jan an zu erzählen.

»Das war Pietros Wohnung. Sie ist abgesperrt. Und nun rate mal, warum?«

»Seit ich hier bin, habe ich es mit Toten und mit Einbrüchen zu tun. Ich hoffe mal, dass nicht noch jemand gestorben ist, also tippe ich auf einen weiteren Einbruch.«

»Ganz genau!« Jan öffnet seinen Wagen und obwohl wir nur wenige Minuten weg gewesen sind, wird er wie üblich freudig von Sila begrüßt. »Und jetzt erklär mir bitte, warum jemand in die Wohnung desjenigen einbricht, den wir für den Einbrecher halten?«

»Um etwas zu suchen«, antworte ich prompt. »Aber gleich noch die nächste Frage: Wie passt der Einbruch in dein Büro dazu? Das werden Pietro und Gabriel wohl auch nicht selbst gewesen sein.«

»Gabriel sowieso nicht. Der war zu dem Zeitpunkt schon tot.«

Nachdenklich gehe ich um das Auto herum zur Beifahrerseite. »Also ist doch mindestens noch ein Dritter im Spiel. Ob die beiden zu einer Verbrecherbande gehörten, und ihre Komplizen suchen nun nach der Beute? Oder sie hatten Ärger und haben die Einbrüche nur deswegen begangen, um ihre Schulden oder so zu begleichen?«

»Ich habe es schon einmal gesagt, du siehst zu viel Fernsehen.«

»Erstens tue ich das so gut wie nie und zweitens: Schau dich doch mal um, was hier alles passiert. Das ist doch viel schlimmer als im Film.« Ich setze mich ins Auto und knalle die Tür zu, ebenso wie Jan auf seiner Seite. »Ach, und drittens: Wenn ich so viel Fernsehen schauen würde, wüsste ich wahrscheinlich schon die Antwort.«

»Ich habe es verstanden. Du liest wohl lieber.« Jan startet den Wagen, sieht mich aber fragend an. »Was machen wir jetzt? Wenn wir schon hier sind, kann ich dich auch gerade bis zur Polizeistation fahren. So haben wir die Hälfte der Strecke gespart.«

»Okay«, sage ich, nur um im nächsten Moment den Kopf zu schütteln. »Ich kann mich nicht ausweisen. Meine Tasche ist noch in deinem Büro.«

Jan stöhnt. »Na gut, dann der alte Plan.«

Die gleiche Strecke, die wir eben erst gekommen sind, fahren wir wieder zurück. Kurz vor Pella begegnet uns einer von Jans Firmenwagen. Enrico sitzt am Steuer und grüßt überschwänglich. Er ist wohl auf dem Weg zu einem Kunden, seine Ladefläche ist gut gefüllt. Mit Sicherheit wird er in nächster Zeit viele Überstunden leisten müssen. Genauso wie Jan selbst, der uns durch das eigentlich gemütlich wirkende Örtchen manövriert und in den Waldweg einbiegt. Nach einem Druck auf die Fernbedienung fährt er langsam auf sein Firmengrundstück und parkt den Pick-up vorm Bürogebäude.

Sila wartet nicht, bis sie mit Aussteigen an der Reihe ist. Sie springt einfach über meinen Schoß hinweg ins Freie. Bellend rennt sie um das Gebäude in Richtung der Stellflächen.

»Was hat sie denn?« Verwundert blicke ich ihr nach.

»Das ist ihr Alarmbellen«, murmelt Jan und folgt seiner Hündin im Laufschritt.

Genau das!

Mit einem schlechten Gefühl renne ich den beiden hinterher.

Jan stoppt vor den Fahrzeugen; bis auf das von Enrico parken sie noch alle an Ort und Stelle. Bei einem weiteren Pritschenwagen stehen die Türen offen, eine Fensterscheibe ist zerschlagen. Aber das ist nicht der Grund, weswegen ich ebenfalls abrupt anhalte und die Augen aufreiße.

Nahe der hinteren Umzäunung, in die Ecke zum Gebäude hin gedrängt, steht wahrhaftig Horst; vor ihm Sila, die ihn aufgeregt anbellt. Er trägt Lederhandschuhe und hält einen großen, leer wirkenden Rucksack schützend vor sich. Am Zaun entlang sieht er nach oben, irgendwie abschätzig, bevor er die Luft ausstößt und sich uns zuwendet.

Mein Blick wechselt zwischen Horst, Sila und dem Wagen hin und her.

»Was machst du hier?«, knurrt Jan.

»Nach was sieht es denn aus? Die Frage ist wohl eher: Was macht ihr schon wieder hier?« Horst sieht mich grantig an, sein linkes Auge zuckt. »Du hast gesagt, ihr müsst weg!«

»Beschwerst du dich gerade wirklich, dass wir dir nicht genügend Zeit gelassen haben, den Wagen zu stehlen?«, frage ich ungläubig.

»Was will ich denn mit dem Wagen? Den könnt ihr getrost behalten. Obwohl, ihr werdet ihn nun nicht mehr brauchen.« Horst wirft den Rucksack in Richtung der bellenden Sila, die zur Seite springt, und geht einfach an ihr vorbei auf das beschädigte Fahrzeug zu. Neben der Beifahrertür bückt er sich und hebt einen großen Stein auf. Wahrscheinlich hat er damit die Scheibe eingeschlagen. Er wiegt ihn in der Hand und fixiert Jan.

Mein Herzschlag beschleunigt sich. »Was soll das alles, Horst?«

»Ich will mein Eigentum wiederhaben. Ihr kommt mir dabei nicht in die Quere.« Horst nähert sich uns drohend und Sila springt wieder bellend um ihn herum, was ihn fluchend anhalten lässt.

Meine Güte, hoffentlich tut er ihr nichts!

Jan plagen vermutlich ähnliche Sorgen; er tritt Horst entgegen und lenkt dessen Aufmerksamkeit damit zurück auf sich. »Warum suchst du das bei mir? Bist du auch für das Chaos im Büro verantwortlich?«

Horst zuckt mit den Schultern. »Irgendwie musste ich doch an die Adresse von dem Burschen kommen. Ihn selbst zu fragen war ja nicht mehr möglich.«

»Redest du von Pietro?«, frage ich verwirrt und stelle mich neben Jan, da seine Nähe mir Sicherheit gibt. »Du warst das, du bist auch bei ihm eingebrochen? Was hattest du mit ihm zu tun?«

»Dieser uneinsichtige Bursche hat mein Geld eingesteckt. Dafür erwarte ich etwas, und zwar nicht, dass ich im Endeffekt die Arbeit selbst erledigen muss, weil er sich mit seinem eigenen Mann nicht einig ist und ihn beseitigt. Also hole ich mir mein Geld zurück. An den Wagen hast du mich eben erst erinnert, den hatte ich vergessen. Leider ist es hier auch nicht, aber ich finde es schon noch.«

Tausend Fragen rasen durch meinen Kopf. Ich weiß gar nicht, wo ich anfangen soll. »Was für Geld? Wofür hast du es gezahlt? Und woher weißt du, dass Pietro tot ist? Davon habe ich dir nichts erzählt.«

Horst grinst hämisch. »Das war auch gar nicht nötig. Aber nett von dir, dass du mir Elenas *tödlichen Wanderunfall* bestätigt hast.« Die Betonung seiner Worte, die Anspielung ist eindeutig und lässt nur einen Schluss zu, den ich einfach nicht glauben will. Selbst Horst kann nicht so skrupellos sein.

»Was soll das heißen?«, schreie ich.

»Genau das!«

Einen Moment starre ich ihn an, bis die Wahrheit endgültig zu mir durchdringt. Ich kann nicht mehr an mich halten. »Du hast die beiden umgebracht! Du hast Elena umgebracht! Deine eigene Frau! Meine Freundin!« Rasend vor Wut will ich auf ihn zustürzen, auf ihn einschlagen, ihm unbändige Schmerzen zufügen.

Doch Jan streckt seinen Arm aus und hält mich zurück. »Vorsicht!«, zischt er mir leise zu. »Denk an den Stein.«

Unbeeindruckt von meinem Ausbruch zuckt Horst wieder mit den Schultern. »Warum ist sie auch nicht auf meine Forderungen eingegangen? Dieses Miststück, das sich schon immer für etwas Besseres gehalten hat und jeden kleinhalten wollte. Das hat sie davon – und du nun auch. Tut mir wirklich leid um dich,

Nicole, aber ihr hättet nicht so schnell zurückkommen sollen.« Mit einem irren Blick und erhobenem Stein stürmt Horst auf uns los.

Reflexartig weiche ich ein paar Schritte zurück, also wendet er sich ganz Jan zu, der zwar einen halben Kopf größer als er, dafür aber unbewaffnet ist. Während die beiden aufeinandertreffen, holt Horst aus und schlägt zu. Ich keuche auf vor Entsetzen, als der Stein auf Jans Kopf zurast. Doch geschickt weicht der dem Schlag aus, als hätte er die genaue Richtung vorhergesehen. In einer fließenden Bewegung stellt er Horst ein Bein, wodurch der ins Stolpern gerät; direkt an mir vorbei.

Ich nutze die Gelegenheit und schlage ihm auf den Arm. Er stolpert weiter, doch der Stein fällt mit einem dumpfen Aufprall zu Boden. Rasch trete ich ihn zur Seite unter eins der Autos, damit dieser gewissenlose Mistkerl ihn sich nicht wieder schnappen kann.

Horst fängt sich, brüllt und geht nun mit den Fäusten auf Jan los. Er scheint in seinem Vorhaben wild entschlossen und leider auch geschickter, als ich von ihm erwartet hätte. Die beiden tauschen kräftige Schläge aus. Ich kann nicht sagen, wer im Vorteil ist; sowohl Jan als auch Horst landen Treffer. Irgendwie muss ich das Ganze beenden. Also stürme ich ebenfalls auf Horst los und schlage auf ihn ein. Er schubst mich einfach von sich weg. Jan verhindert meinen Sturz – und erhält dafür im nächsten Moment einen Hieb in die Magengrube. Er krümmt sich und ich zucke mit ihm vor Schmerz zusammen, als Horst bereits das Knie hochreißt. Im letzten Moment stoße ich Jan zur Seite, sodass es ihn nicht erwischt, und trete mit Schwung vor Horsts anderes Bein. Er wankt. Jan steht schon wieder aufrecht. Seine Faust fliegt auf Horst zu und trifft ihn mit solch einer Wucht, dass der ins Taumeln gerät und schließlich zu Boden stürzt. Sofort ist Jan über ihm und pinnt Horst auf dem Schotter fest. Hoffentlich bohren sich spitze Steine in seinen Rücken.

»Du erbärmlicher Bastard!«, knurrt Jan. Sein Atem geht schnell und hektisch. »Und jetzt erzählst du uns alles! Fang ganz vorn an. Seit wann bist du hier?«

Horst schnaubt, wohl vor Wut und Frustration. Fest in Jans Griff bleibt ihm kaum mehr Bewegungsfreiheit.

»Seit wann?«, wiederholt Jan und übt noch mehr Druck aus.

»Freitag«, presst Horst hervor.

»Wusste ich es doch. Aber warum? Ich habe dich erst Samstag früh angerufen.« Ich trete noch einen Schritt näher an die beiden heran, da Sila bellend um uns herumspringt und ich nichts verpassen will.

»Antworte ihr!«, verlangt Jan.

Horsts Blick ist eisig, das linke Auge zuckt. »Weil die Burschen mich erpressen wollten. Sie haben doch tatsächlich Lösegeld für das Miststück verlangt.« Er lacht abfällig. »Ich habe ihnen aber einen besseren Deal vorgeschlagen. Nur musste ich erst überprüfen, dass sie mir keinen Bären aufbinden und Elena wirklich haben.«

»Also warst du am Ferienhaus!«, platze ich heraus, in Gedanken an meine erste unheimliche Nacht und den Schatten, den ich gesehen habe. »Du bist durch den Garten geschlichen?«

»Ja. Ich habe dich ...«

Horst wird von einem erneuten Bellen von Sila übertönt, die nun auch noch versucht, sich zwischen die beiden Körper am Boden zu drängen.

Schnell greife ich nach dem Halsband und ziehe sie zur Seite.

Jan blickt kurz hoch und lächelt mich schwach an.

Ein Warnruf liegt mir auf der Zunge, da nutzt Horst bereits Jans Unaufmerksamkeit aus. Er befreit einen Arm aus seinem Griff, zückt von wo auch immer ein Messer und sticht zu.

Mein Herz will mir vor Entsetzen aus der Brust springen.

Ich sehe Blut und höre Jans überraschten Schmerzensschrei. Horst stößt ihn von sich herunter, rollt herum und schnellt mit einem Satz in die Höhe. Ohne Verzögerung greift er wieder an, obwohl Jan am Boden liegt.

Oh Gott, er wird ihn wirklich umbringen! Warum habe ich nur den Stein weggekickt? Damit könnte ich Horst jetzt ablenken. Und natürlich ist auch das Pfefferspray, das ich sonst ständig bei mir trage, in meiner Tasche im Büro. Panisch lasse ich Sila los und stürze selbst nach vorn auf Horst zu, bete, dass er mich nicht kommen sieht und damit auch nicht rechnet, und renne ihm einfach in die Seite. Sofort hechte ich wieder weg von ihm, außer Reichweite des Messers, während er ein paar Schritte in die andere Richtung torkelt.

»Verflucht, Nicole!«, brüllt er wütend. »Du bist gleich noch dran.«

Immerhin habe ich Jan damit genügend Zeit verschafft, um sich aufzurichten, bevor Horst ihn nun doch angreift. Aber Jan kann nur ausweichen und presst dabei seine rechte Hand auf den linken Oberarm. Zwischen den Fingern sickert Blut hervor. Für einen Gegenschlag bekommt er keine Möglichkeit. So wird er das nicht überstehen.

Verzweifelt suche ich nach etwas, mit dem ich helfen kann, denn noch einmal wird Horst sich nicht so von mir überraschen lassen. Mein Blick bleibt an einer Schippe auf der Ladefläche des Firmenwagens hängen. Ich schnappe mir das Arbeitsgerät, flitze mit rasendem Herzen hinter Horst her und schlage ihm damit auf den Kopf. Zumindest versuche ich es. Durch seine ständigen Bewegungen treffe ich nur die Schulter und die Schippe rutscht mir aus der Hand. Horst keucht auf und fährt zu mir herum.

Meine Güte, jetzt bin ich sein Ziel! Mit wutverzerrtem Gesicht hebt er das Messer und springt auf mich zu. Ich weiche zurück und pralle gegen den Wagen. Nach rechts versperrt mir die offene Tür den Weg, also flüchte ich nach links. Horst reagiert sofort und schneidet mir den Weg ab. Unbarmherzig kommt er näher. Rückwärts versuche ich in das Firmenfahrzeug zu krabbeln, aber es ist zu hoch.

Das ist das Ende.

Horst holt zum Angriff aus, da packt Jan von hinten nach der Hand und hält sie in der Luft fest; ich bin so erleichtert. Sein Knie knallt er Horst in den Rücken und schlägt ihm anschließend die Handkante in die Halsbeuge, sodass der benommen zur Seite taumelt. Die Beine scheinen ihm wegknicken zu wollen. Aber erst ein weiterer Faustschlag von Jan lässt ihn bewusstlos zusammensacken. Augenblicklich stürze ich vor, nehme das Messer an mich und stecke es weg.

Jan presst wieder die Hand auf seinen Arm, den er unnatürlich an seinen Körper hält und ihn offenbar kaum
bewegen kann. Mit dem Kopf nickt er zu dem halboffe-
nen Schuppen hin. »Da sind ein paar Seile drin. Hol uns
welche.«

Noch immer vollgepumpt mit Adrenalin laufe ich los,
finde schnell, was ich suche und kehre schon kurz darauf zurück. Jans Anweisungen folgend binde ich Horst
die Hände auf den Rücken und schnüre auch seine
Beine zusammen. Keinen Moment zu früh, wie das
Stöhnen von dem Mistkerl beweist.

Wir lassen ihn einfach auf dem Bauch im Dreck liegen und ich achte nicht weiter auf ihn, sondern deute
besorgt auf Jans Arm. »Ich hatte solche Angst um dich.
Wie schlimm ist die Verletzung?«

»Mir fehlen die Vergleichswerte«, antwortet er mit einem gezwungenen Lächeln. »So oft ist noch nicht auf
mich eingestochen worden.«

»Du musst das Hemd ausziehen, damit ich es mir anschauen kann.« Auffordernd nicke ich ihm zu. »Ich
hole in der Zeit Verbandszeug. Hast du welches im
Büro?«

»Ja, irgendwo in dem Chaos.«

Ich eile los, schiebe die Sperrholzplatte ein Stück zur
Seite, um ins Gebäude zu gelangen und durchsuche den
großen Raum. Es ist zum Verzweifeln. Wie soll ich in
diesem Durcheinander etwas finden? Doch irgendwann stolpere ich beinah über den Erste-Hilfe-Kasten,
greife ihn mir und laufe zurück.

Jan steht über Horst gebeugt, seine rechte Hand ist in
dessen Kragen gekrallt und er hat ihn halb hochgezo-
gen. Als er mich um die Ecke kommen sieht, stößt er

ihn mit einem verächtlichen Gesichtsausdruck zurück in den Dreck. »Du Bastard!«

Neben den beiden halte ich an. »Was war?«

»Er durfte mir noch ein paar Fragen beantworten. Erzähle ich dir nachher, erst einmal rufe ich die Carabinieri. Gibst du mir bitte mein Handy?«

Ich greife in seine linke Beintasche und reiche es ihm. Während er telefoniert, untersuche ich den Verbandskasten und lege alles Nötige bereit.

»Die Carabinieri sind auf dem Weg«, sagt Jan und steckt sein Handy in die Hosentasche auf der anderen Seite.

»Okay, das ist gut.« Ich nicke und sehe ihn dann fragend an. »Du hast das Hemd ja immer noch an. Soll ich dir helfen?«

»Bitte.« Ein amüsiertes Lächeln erscheint auf seinem Gesicht. »Da es sowieso nicht mehr zu retten ist, darfst du es mir auch vom Leib reißen.«

»Verlockender Gedanke.« Mit der Hand streiche ich über seine Brust, stelle mich auf Zehenspitzen und drücke ihm einen raschen Kuss auf den Mund. »Ich würde aber lieber bei anderer Gelegenheit darauf zurückkommen.«

Bevor ich mich abwenden kann, greift Jan in meinen Nacken und hält mich fest. »Ich freue mich schon darauf«, raunt er mir ins Ohr. Meine Güte, ich liebe diese tiefe Stimme – und den Inhalt seiner Worte. Ein wohliger Schauer kriecht über meinen Rücken.

»Dann sollte ich jetzt besser dafür sorgen, dass du nicht verblutest.«

»Ja, das fänd ich gut«, stimmt er mir zu und gibt mich frei.

Ich nehme die Schere aus dem Verbandskasten zur Hand, schneide damit den Ärmel des Hemdes bis zur Schulter hoch auf und trenne ihn ab. Vorsichtig, um Jan nicht noch mehr Schmerzen zu bereiten, löse ich den Stoff aus der klaffenden Wunde. Mir wird ganz heiß bei dem vielen Blut, doch zum Glück scheint es sich nur um einen halbwegs oberflächlichen Schnitt zu handeln und keine Muskeln verletzt zu sein; hoffe ich zumindest.

Während der ganzen Zeit tobt Horst weiter, ich kann es einfach nicht mehr hören. Den Stofffetzen greife ich mir und trete damit auf ihn zu. »Hältst du jetzt die Klappe oder willst du einen Knebel?«

Wie erhofft setzt er schon wieder an, mich zu beschimpfen. Ich beuge mich zu ihm hinunter und stopfe ihm den blutdurchtränkten Stoff in den Mund. Endlich herrscht Ruhe, nur ein Würgen ist zu hören.

Zufrieden und schadenfroh gehe ich zurück zu Jan und kümmere mich nun um einen Verband, der bis zum Arztbesuch Schlimmeres verhindern sollte.

Jan beobachtet mich lächelnd. »Woher kannst du das so gut?«

»Jährliche Auffrischungskurse in Erster Hilfe. Außerdem bin ich Mama und möchte meiner Tochter helfen können, falls etwas passiert.«

»Und jetzt auch mir?«

»Ja, und dir.«

Sobald ich meine Arbeit beende, zieht er mich an sich. »Danke! Meine mutige Maus.« Die Arme schließt er um mich, einer locker und der andere fest. Es fühlt sich an wie Sicherheit und ich schmiege meinen Kopf an seine Brust.

»Maus? Ich weiß ja nicht.«

»Mäuse sind das Kryptonit der Gärtner«, erwidert er mit einem Lachen in der Stimme. »Aber ich bin tierlieb, wie du weißt.«

Wie kann ich mich glücklich fühlen, nach all den furchtbaren Dingen, die geschehen sind? Aber genau so ist es. Erst als die Polizei eintrifft, trennen wir uns wieder voneinander.

Der Beamte, der mir im Ferienhaus die vielen Fragen gestellt hat, ist ebenfalls dabei. Nachdem er sich einen Überblick verschafft hat, befreit er Horst von dem Knebel. Um seine Mundwinkel zuckt es, als er sich den Stofffetzen anschaut. Er spricht mit Horst, der brüllt und flucht. Der Polizist verdreht die Augen und stopft ihm kurzerhand den Ärmel wieder in den Mund. Mit Genugtuung beobachte ich, wie zwei weitere Beamte Horst in die Höhe zerren und abführen.

Epilog

Fünf Tage später

Kyra steht in der Nähe des Ufers, holt weit aus und wirft ein Stöckchen in den See. Sofort flitzt Sila los und springt mit einem gewaltigen Satz hinterher. Es platscht laut, als sie aufkommt. Nur ihr Kopf lugt aus dem klaren blauen Wasser heraus. Sie orientiert sich, ändert leicht die Richtung und schwimmt auf das Holz zu. Mit der Schnauze schnappt sie es sich und paddelt im Kreis zurück. Noch immer bin ich erstaunt, wie sicher sie schwimmen kann. Triefend nass klettert sie an Land, was hier auf Jans Grundstück einfach möglich ist, und schüttelt sich. Das Wasser spritzt aus ihrem Fell in alle Richtungen, auch auf Kyra, die kreischend ein paar Meter wegläuft. Sie ist jetzt ebenfalls nass, aber Sila zeigt kein Erbarmen. Direkt vor den Füßen meiner Tochter legt sie das Stöckchen auf dem Boden ab und springt bellend vor ihr herum.

Grinsend und auch dankbar beobachte ich, wie Kyra der Aufforderung nachkommt und das Stöckchen erneut wirft. Die Ablenkung durch den Hund tut ihr gut. Seit ihrer Ankunft vor ein paar Stunden hat es schon viele Tränen gegeben; genauso wie die letzten Tage, aber sich persönlich gegenüberzustehen und über alles zu sprechen, ist noch einmal etwas anderes.

Jan drückt meine Hand und lächelt leicht, er scheint es ebenso zu sehen.

Drei Runden später wischt Kyra die Wassertropfen von ihren Klamotten, schlendert zu uns herüber und lässt sich in einen der Gartenstühle fallen. »Wo ist denn nun das Geld?«

»Verschollen«, antwortet Jan.

»Die Polizei sucht noch.« Ich kraule Sila den Kopf, bevor sie sich zu sehr an meine Beine schmiegt und mich auch noch nass macht. Mit einem kleinen Plumpsen legt sie sich zu unseren Füßen. »Wenn Horst es tatsächlich an Pietro und Gabriel gezahlt hat, muss einer von ihnen es versteckt haben.«

»Dann doch wahrscheinlich dieser Pietro«, mutmaßt Kyra. »Das muss auch ein übler Bursche gewesen sein, wenn er seinen eigenen Kumpanen umbringt, weil der sein Gewissen wiederfindet.«

»Und dabei versucht, es seinem Chef anzuhängen«, ergänzt Jan grimmig. Dieses Thema wird ihn sicher noch lang verfolgen, da sich gleich zwei seiner Mitarbeiter als Verbrecher entpuppt haben und er nichts bemerkt hat. »Aber ja, ein Auftragsmord ist eine andere Nummer als ein paar Einbrüche oder eine Entführung mit Lösegeldforderung, die schon schlimm genug ist.«

Kyra blickt in Richtung von Elenas Grundstück, zu erkennen ist von hier aus fast nichts. Nur ein Stück der Giebel des Hauses lugt zwischen den Bäumen hervor. »Also war wirklich nur ein simpler Einbruch der Auslöser von allem?«

»Ja. Die Jungs haben bei ihrer Informationsbeschaffung wohl etwas verwechselt, denn ansonsten haben sie nur Häuser ausgewählt, in denen die Besitzer nicht vor Ort waren. Vielleicht sollte ich bei künftigen Bewerbungsgesprächen auch auf solche Fähigkeiten achten.«

Ich rücke ein Stück von Jan ab, um ihn besser betrachten zu können. »Was für Fähigkeiten? In der Lage zu sein, sich das richtige Ziel für einen Einbruch auszusuchen?«

Jan schmunzelt. »Ich dachte weniger an Einbrüche, sondern generell daran, die Arbeit, egal welche, ordentlich und gewissenhaft zu erledigen. So etwas ist doch in deinem Sinne, oder? Ich glaube nicht, dass dir so ein Fehler passiert wäre.« Er wendet sich wieder Kyra zu. »Auf jeden Fall ist der Einbruch bei Elena schiefgelaufen, sie hat die beiden leider auf frischer Tat ertappt. Vermutlich wussten sie nicht, was sie mit ihr machen sollten, also haben sie sie erst einmal entführt und in dem Verschlag im Wald eingesperrt, den deine Mutter gefunden hat. Danach haben sie Kontakt mit Horst aufgenommen und von ihm Lösegeld verlangt.«

»Ausgerechnet von dem! Als ob der einen Cent für Tante Elena ausgeben würde.«

»Na ja, wenn das alles so stimmt, hat er einiges mehr für sie bezahlt. Nur leider nicht für ihre Freilassung.«

»Um ihr gesamtes Vermögen abzugreifen«, sagt Kyra und schnaubt verächtlich. »Warum hat er überhaupt noch nach dem gezahlten Geld gesucht, wenn er doch alles bekommen hätte? Das Risiko, erwischt zu werden, stand doch in keinem Verhältnis, oder?«

»Weil es Beweismittel waren, die zu ihm führen konnten«, erklärt Jan weiter. »Wenn man das Geld bei Pietro gefunden hätte, wäre die Erbschaft für ihn verloren und er ins Gefängnis marschiert.«

»Zum Glück landet er auch so dort.« Kyra sieht mich fragend an. »Und was ist dann passiert?«

»Wie gesagt hat Gabriel Gewissensbisse bekommen und wollte mit dem Ganzen nichts zu tun haben«, gebe ich ihr unsere Informationen weiter. Es fällt mir nicht leicht, darüber zu sprechen, aber ich habe das Gefühl, es hilft mir dennoch dabei, diese furchtbare Geschichte zu verarbeiten. »Da er aber den Plan kannte, hat Pietro ihn beseitigt. Allein konnte er den Auftrag von Horst allerdings nicht ausführen, also musste der selbst mit anpacken, um ... um Elena in die Schlucht zu stürzen.« Ich schließe kurz die Augen und atme tief durch, bis ich wieder in der Lage bin, weiterzureden. »Du kennst ja Horst, danach war er natürlich davon überzeugt, dass er nicht zu zahlen braucht, wenn er die *Drecksarbeit* selbst erledigt und hat sein Geld von Pietro zurückverlangt. Es kam zu einer Auseinandersetzung zwischen den beiden und Horst hat ihn ebenfalls in die Schlucht gestoßen.«

»Zufällig in genau die Schlucht, an der ihr bei eurer Suche vorbeikommt.«

»Eigentlich war es kein Zufall. Horst hat uns belauscht, als wir über Elenas Date mit Marco gesprochen haben. Die beiden wollten dort wandern gehen. Und Horst wollte sicherstellen, falls Elenas Tod nicht wie ein Unfall aussieht, dass der Verdacht auf jemanden anderen fällt, eben auf Marco.«

»Also ist Marco ein Guter.«

»Ja, ist er. Nur vielleicht ein bisschen nachtragend, wenn man ihn versetzt.«

Die Eieruhr vor uns auf dem Tisch klingelt. Jan richtet sich auf und stellt den Ton aus. »Essen ist fertig. Ich hole es schnell.« Mit einem Grinsen wendet er sich an Kyra. »Bevor wieder etwas passiert, was deiner Mutter den Appetit verdirbt. Du musst wissen, sie lässt gern Essen stehen, das extra mit Liebe für sie zubereitet wird.«

Ich ziehe eine Schnute. »Es war beide Male gerechtfertigt.«

»Na ja, das zweite Mal fand ich übertrieben.« Er zwinkert mir zu und verschwindet über die Veranda in sein Haus.

Kyra blickt wieder zu Elenas Grundstück. »Und das gehört jetzt wirklich uns? Ich kann das immer noch nicht fassen.«

»Ich auch nicht. Aber es ist ja auch noch lang nicht offiziell, das war nur eine Vorinformation und wir müssen die Testamentsverkündung abwarten. Womöglich wird das auch erst nach der Gerichtsverhandlung von Horst sein. Aber jetzt weiß ich wenigstens, warum Elena diesmal so rigoros war, dass ich auf jeden Fall hier herunterkommen sollte. Sie wollte wegen der Änderung des Testaments gewiss sehen, wie es mir gefällt.«

»Und, wie gefällt es dir?«

»Es ist toll! Aber viel zu groß.«

»Dafür hat es einen netten Nachbarn.« Kyra grinst breit. »Ich mag ihn. Mein Okay hast du.«

Ein Räuspern erklingt. Entsetzt wende ich mich Jan zu, die altbekannte Hitze schießt mir in die Wangen.

Schmunzelnd betrachtet er mich, tritt mit einem Tablett in der Hand aus der Tür und stellt es auf dem Tisch ab.

»Das macht dich gleich noch sympathischer«, sagt er zu Kyra und setzt sich neben mich. Seinen Arm legt er um meine Schultern und drückt mir einen Kuss auf die Wange. »Bedient euch.«

Der Aufforderung kommt Kyra direkt nach und schon steht Sila neben ihr. Mit der Schnauze stupst sie meine Tochter an, was mich in den Erinnerungen an meine eigenen Erfahrungen zum Lachen bringt. Während Kyra Sila erklärt, dass man nicht bettelt, lehnt Jan sich wieder nah zu mir.

»Deine Tochter findet mich also nett«, flüstert er mir zu. »Und du? Du hast deinen Teil des Deals immer noch nicht eingelöst, und mir die Begriffe verraten, die dir zu mir eingefallen sind. Meinst du nicht, es wird langsam Zeit?«

»Unmöglich!«

»Was *unmöglich*? Dass du es mir jemals erzählst?«

»Nein. *Unmöglich* ist der erste Begriff, der mir zu dir eingefallen ist. Ungefähr zu dem Zeitpunkt, als ich dich als Gärtner bezeichnet habe.«